名家评述

王充闾其人其文

张 冰 编

北方联合出版传媒（集团）股份有限公司
春风文艺出版社
·沈阳·

U0726457

图书在版编目（CIP）数据

名家评述王充闾其人其文 / 张冰编 . — 沈阳：春
风文艺出版社，2023.3（2023.8重印）
ISBN 978-7-5313-6398-9

Ⅰ . ①名… Ⅱ . ①张… Ⅲ . ①王充闾—文学研究②王
充闾—人物研究 Ⅳ . ① I206.7 ② K825.6

中国国家版本馆 CIP 数据核字（2023）第 007854 号

北方联合出版传媒（集团）股份有限公司
春风文艺出版社出版发行
沈阳市和平区十一纬路 25 号　邮编：110003
永清县晔盛亚胶印有限公司

责任编辑：仪德明　　　　　助理编辑：余　丹
责任校对：张华伟　　　　　印制统筹：刘　成
封面设计：孙　伟　　　　　幅面尺寸：165mm × 235mm
字　　数：250 千字　　　　印　　张：13.25
版　　次：2023 年 3 月第 1 版　印　　次：2023 年 8 月第 2 次
书　　号：ISBN 978-7-5313-6398-9　定　　价：68.00 元

前　言

　　滚滚的辽河水奔腾不息，在这广袤而富饶的土地上，人文荟萃，名家辈出，王充闾先生就是其中杰出的一位。他在中国文学百花园中，以丰硕的成果、突出的贡献、厚重的积淀、特有的风格，树立了一面旗帜，筑起了一座新的丰碑，为中国文学发展史增添了新的光彩。

　　充闾先生生于1935年2月，是中国当代著名作家、学者、诗人。六十多年来，他创作文学作品、学术著作《柳荫絮语》《人才诗话》《春宽梦窄》《面对历史的苍茫》《一生爱好是天然》《成功者的劫难》《龙墩上的悖论》《事是风云人是月》《逍遥游：庄子传》《成功的失败者：张学良传》《蘧庐吟草》《国粹：人文传承书》《诗外文章：文学、历史、哲学的对话》《文脉：我们的心灵史》等达九十种，在国内外四十余家出版社出版（见《附录》），计约一千五百余万字。

　　1997年，散文集《春宽梦窄》获首届"鲁迅文学奖"，2002年，《一生爱好是天然》获首届"冰心散文奖"。2004年、2007年，充闾先生连续两届被聘任为全国"鲁迅文学奖"散文杂文评奖委员会主任。曾有多篇散文作品入选高校、中学、小学语文课本和高考试题。散文集《北方乡梦》被译成英文、阿拉伯文；学术随笔《国粹》被译成泰文、罗马尼亚文。

　　充闾先生于2016年入选辽宁省"十位优秀老艺术家"，辽宁日报以《王充闾：永远在路上》为题，发布整版文章；同年，万卷出版公司出版二十卷本《充闾文集》。2019年北京大学出版社将《逍遥游：庄子全传》《国粹：人文传承书》《文脉：我们的心灵史》重新整合出版，定名为王充闾"人文三部曲"，一时间风靡文苑，成为无数作家、读者仰之、追之、慕之的艺术精品。

《逍遥游：庄子全传》，知名学者评价：这是一部集大成的代表作，作者过去三十几年的成果全都可以略过，只要有这一部就可以垂之久远了。

《国粹：人文传承书》，2017年获"中国好书"，颁奖词是："《国粹》既是一部中国传统人文史，也是一部中国人的心灵史。"

《文脉：我们的心灵史》是新时代不可多得的文化巨著，是一部形象化的中国人的千年心灵史，也是一部中国人的人文精神史。

作为中国当代文坛上一颗璀璨的巨星，多年来，王充闾先生及其文学成就一直得到文学界、学术界的高度重视，海内名家纷纷著文评介，并有文学史家、知名教授对其作品设置专题进行研究，他的创作水准和学术地位得到国内文学界公认。这足以证明王充闾先生在中国文坛的地位和分量。

本部评述充闾先生其人其文的专著，分两部分。第一部分是对充闾先生其人的评述，第二部分是对充闾先生其文的评述。同时，附录彭定安先生阅读充闾先生《我见文学多妩媚》笔记、评述的名家简介及充闾先生三十余年间出版的作品集览，期望有助于读者研究和思考。

编　者

2022年9月

目　录

第一部分

名家评述充闾先生其人

◎我和充闾先生只有一面之缘，是在辽大一位博士毕业生的答辩会上。充闾先生对古代文献材料的熟悉，让我感到极大的震撼和敬佩。这一面之缘印象之深刻几乎不能忘记。你可以把他理解为一位学富五车的教授，或是一位温文尔雅的长者。读了他不断求索、独步文坛的大量散文创作之后，我迷惑的心情终于豁然：正是他这样的人，才会有这样的文章。这就是"文如其人"。

——摘自孟繁华《散文困境中的一座丰碑》

◎王充闾首先是一位有良好传统文化修养的学者，他曾读过私塾，也接受过现代学院教育。他对古代经典作品的熟知程度，给每一个接触过他或读过他作品的人都留下了深刻的印象。但他更是一个现代知识分子，他所具有的现代意识才有可能使他对熟知的传统文化和自身的存在有反省、检讨、坚持和发扬的愿望与能力；而他的文学天赋为他要表达的思想又赋予了大音希声的形式和幽谷流云的飘逸。他有过教师、编辑乃至领导的丰富人生阅历，足迹曾遍及世界各国，遍访先贤胜地。这些得天独厚的条件在王充闾这里汇集为不断奔涌的文学源泉。他的深厚和独特，使他在三十多年来散文创作整体格局中，不在潮流之中，却在潮头之上。

——摘自孟繁华《散文困境中的一座丰碑》

◎充闾先生是一个敢于不断探索、自我超越的作家。他既是有很好国学修养的学者，同时也是一个经过现代文化洗礼的知识分子。随着充闾内心的情怀、兴趣和追求不断清晰地呈现出来，他整个创作状态越来越开放和自由。多样的题材既是对书写对象的选择，同时也隐含了他的一种文化认同。他对高贵文化更是倾心和意属。他写李清照、朱淑真和勃朗特三姐妹时所倾注的情感，真是感人至深。

充闾的散文是越写越好，比如最近一段时期写的历史散文，不仅有力量，而且充满文学性。曾国藩、李鸿章这样的人物是非常难以把握的，如何去评价他们，史学家有史学家的看法，社会学家有社会学家的看法，政治家有政治家的看法，但是文学家对这些人物的看法需要通过文学性的表达把它呈现出来，就是既要看到这些人物在历史进程当中的作用，同时要用一种悲悯心态去理解，在极端化的历史情境里，每一个人都有多种可能性。所以对历史人物的书写，能够站在历史规定的情境中去理解，要远比按照理想要求人物困难得多。而充闾先生能把这些历史人物写得那样生动和耐人寻味，这种高超的识见，这种理性的和想象的功力，不是谁都能获得的。

——摘自孟繁华在王充闾作品研讨会上的发言

◎充闾是当下重要的散文大家。他皇皇二十余卷文集，以其正大的面貌、浩瀚的雄姿、淡然的笔触和云卷云舒的万千气象，展示了他丰赡、多样的散文创作成就。他曾有多种社会角色，但他本质上还是一位学者和作家。可以说，在当代作家中，就国学修养而言，很难有人可以和王充闾比较。

——摘自孟繁华在"王充闾作品系列"研讨会上的发言

◎如果对他的人品进行概括的话，可以用两个词来表述，就是君子和达人。君子是《论语》的中心，《论语》中不论讲的哪句话，都是说君子应如何，和君子相反的小人如何，一切主题都可以归结到君子。充闾在这个方面，只要跟他共过事、有过交往的，无不承认他是一个君子。他在中共辽宁省委做宣传部部长的时候，副部长更换过六七位，他和这些副部长的关系都非常好。他们都把充闾当作他们的老大哥、领路人。他如果没有君子之风、君子的人格，怎么能达到这一点？！

——摘自王向峰在王充闾文学研究中心成立十周年座谈会上的讲话

◎假如说，我们把社会、文坛、政界当作三维的话，那么，充闾在这个三维结构里，每个方面都做得非常成功。比如就文坛来说，文坛上的人，不论起点水平如何，往往都认为自己比任何人高明，但是，在文坛上和充闾有过交往的作家，不仅咱们省的作家，还有外省一些比较有名的作家，对充闾的人品都非常佩服。这种作家在文坛上是很少见的。

——摘自王向峰《王充闾的器识与文艺》

◎充闾自幼通读"四书五经"、诸子百家，以至于后来的包含古今中外的全面知识体系的建构，据我了解，我们省到现在没有第二个人能做到这一点。就是问一个念过古代文学的研究生，"四书"你全读过没有？内容你能不能全了解？或者从其中拿出来一句话，你知道是哪一篇里面的，什么意思吗？我可以大胆地说，没有一个研究生能说出来，就连那些教古典文学的教授也做不到这一点。而充闾能做到。所以当你和他交谈的时候，他很少有回答不了的问题。而且，他记忆力特别好，我们一般读书，读完之后了解个大概，记不住，记也是碎片化的，而充闾他能够把这本书中的一段背出来，这就是天资！在这方面也很少有人能和他相比。除了天资聪慧，这和他不断地复习也有关系。孔子所讲的"学而时习之"，这个"习"即是复习、温习，也是指在实践当中学习，两重意义，他在这两个方面的表现都是非常突出的，因此，他的古代文化素养、文学素养非常深厚。

——摘自王向峰《王充闾的器识与文艺》

◎与王充闾共事近三十载，王充闾为人、为官、作文都值得我们学习。王充闾"文如其人，人文一品""学富五车，才高八斗""文思敏捷，著作等身""博览群书，学贯中西"以及"大文豪"之称谓，当之无愧。

——摘自张恩华在王充闾文学研究中心成立大会上的讲话

◎充闾先生从几个方面构造了他创作的文化相：一是儒学的基础。我用两句诗来概括，"儒学精魂取南华，少见略取是释家"。二是历史的阅读与反思构造了文化相。三是政界生活的积淀影响文化相。充闾对政界生活有疏离感，从他的文章中可以看到对政界生活的训诫。四是古典诗词的思维与构造系统影响文化相。古典诗词变成说话的语言，变成说话的材料，变成核心"语法"，而这又不是词语性的。五是西方思维的后期习得使他在创作中吸收、运用了哲思和美学资源。

——摘自彭定安在"王充闾作品系列"研讨会上的发言

◎王充闾是国际级人物，他的作品有广阔、深远的影响力，不单属于中国。他有几十部作品，其实，只一部《逍遥游：庄子传》就足以奠定他在中国文坛上的地位了。这部书我看了不止一次，书里画满了符号，记录我的心得。可惜的是，他生活、工作的环境，文学氛围是有限的，如果他是在北京、上海等一线大城市，其作用与影响力会更大。

——摘自林声与专家、学者的谈话

◎王充闾是越来越得到当代散文界认同和赞赏的一位大家。在为政不为文、作家非学者化的倾向愈益明显的今天，集领导、作家、学者于一身的王充闾，散文创作尤其让人们感到珍贵和惊喜。

——摘自冯牧、郭风《王充闾散文创作论集》之编者的话

◎充闾先生是从营口走向全国乃至华人世界的大作家，其影响已超越国界。虽然如此，已过古稀之年的充闾先生，仍以"非此不乐、欲罢不能"的态度，精神矍铄地在人类的精神家园中进行深度探访与寻觅，并不断地给我们带来惊喜。这使我想到孔子晚年的自述："其为人也，发愤忘食，乐以忘忧，不知老之将至。"在两千五百多年后的今天，充闾先生再现了这一至纯至美的大境界。

——摘自王恩来《充闾先生及其人文三部曲》

◎我曾问过王充闾，他每天政务那么繁忙，怎么能写出那么多清新隽永的文章呢？充闾说他没有什么诀窍，很简单，就是极其珍惜业余时间，充分利用业余时间，在业余时间里读书、思考、写作，他说一定要给自己心灵留下一片绿洲，以便心灵在这里自由自在地休憩、徜徉、思索、翱翔。

——摘自张毓茂《王充闾的散文世界》

◎王充闾先生无疑是现代知识分子，但他深厚的传统文化素养，为他增添了许多传统知识分子的气质，也就是说，儒家文化、道家文化与其他文化一起滋养了他，培植了他的文化人格，而我们在王充闾先生的创作中，则可以反观这一文化人格的多元构成。

《龙墩上的悖论——中国皇帝命运大思考》是作者以文学的方式进行的一次学术研究。悖论，无疑是一道哲学命题，作者在这部书中揭示了一系列的悖论："愿望"与"结果"的悖论，"有限"与"无限"的悖论，"功业"与"人性"的悖论，"才情"与"职位"的悖论，"路径"与"目标"的悖论……我们可以在作者关于这些悖论的阐述中发现作者的感性与理性、价值判断与生命理想的复杂状态。

——摘自韩春燕《散文集〈龙墩上的悖论〉赏评》

◎王充闾先生是个知识广博的学者，也是个才华横溢的诗人，同时，他更是个睿智的思想者。他的每篇散文都在极力探究宇宙人生的奥秘，但这种探究是以审美的方式，让读者在诗性的文字中抵达哲学。

"笔者一贯把融合诗、思、史奉为文学至境。"王充闾先生在实际的创作中也确实呈现了他的这种努力。文学首先是需要有审美的，面对历史，它要用"诗"的方式，即美学的方式，传达个人的生命之悟，哲学之思。

历史文化散文无疑要有细致周密的逻辑演绎，在这一点上，它酷似思想随笔、史论和学术论文，是一种具有学术气质的文学样式，而富于理性思辨则是它与一般抒情言志散文的最大区别。王充闾先生以散文的形式来表达自己深刻的思想、独到的识见，而任何思想和识见的获得都离不开理性思维和自觉贯彻的理性精神，只有经过细致周密的逻辑演绎和真正独立的价值判断，才可能得出鞭辟入里的深刻洞见。

——摘自韩春燕《散文集〈龙墩上的悖论〉赏评》

◎我们不用深入分析，仅从王充闾先生文中随处可见的引用语里就能了解他的文化底蕴是多么深厚。他忽而引用儒道两家的经典、佛禅偈理，忽而引用话本传奇、诗词谣曲，而西方古今哲学、名人名言更是见缝插针、摇曳生姿。作为一个以政治为主业并深受儒家济世思想影响的人，他不可能不关心政治，不思考与政治有关的问题。他关注历史，也是为了古为今用，他研究帝王命运，也是为了借鉴他们治国安邦的经验教训。然而，毕竟他接受了太丰富、太复杂的文化熏染，面对历史，虽然他具有强大的思考能力和体悟能力，但是他不知不觉就会使自己的认识超越历史和现实的层面，甚至超越一般的哲学层面，使文本呈现出丰厚混沌的审美意蕴。

——摘自韩春燕《散文集〈龙墩上的悖论〉赏评》

◎作品要真正给读者以文学欣赏和享受，必须具有可读性。但现实情况是，可以找到高深的思想，却很难找到一种好的传达形式。这方面王充闾做得非常好，他的散文，思想性和表达形式都能引人入胜。从国内图书市场的情况来看，我们需要多些这样的作品。

我发现最近出版界出现了新现象，很值得注意。我们引进的东西多了，相对来说输出的东西有点少了。我们应该把中国优秀的文化用适当形式输出，这是个艰巨的任务。语言障碍自不必说，好作品很难找。我觉得王充闾的作品应该让海外读者也能欣赏到。

——摘自沈昌文在王充闾作品研讨会上的发言

◎王充闾的文学功底真好，举杯一唐诗，落杯一宋词。如今，这样的文人已经不多见了。

——摘自沈昌文在王充间作品研讨会上的发言

◎充间的散文创作在数量和质量方面高度统一的情况，既显示了他高超的水准，又说明了他勤奋与严肃的追求。从如何提高当前散文创作的水准这一视角而言，实在是值得好好研究和总结的。

每当阅读充间的散文时，常会对其中诸多美妙之处击节赞叹。在这样的时刻，从理智上的逻辑推理而言，当然可以举出种种理由，阐述他种种出色的成就；然而，他究竟为什么能够体现出如此特异的个性，就很难充分与生动地加以演绎了。记得在2002年举办的"中国散文论坛"上，充间曾经做过一次名为《渴望超越》的讲演，他诚挚、谦逊地诉说着，散文创作应该如何深切地关怀人类的命运。在场馆里的大学生，聆听着他意蕴深远而又洋溢着现代观念的讲演。这给我留下了十分深刻和难忘的印象。

从讨论充间的作品，想到21世纪的散文创作，这是自然而然的结果。如果这个领域中所有的参与者，都能够像他这样诚挚、勤奋和谦逊地致力于提高自己、超越自己，时刻都思索着历史与未来，思索着人类如何消除自己的阴霾，那么整个散文创作的前景，肯定是非常绚丽和高旷的。

——摘自林非在王充间作品研讨会上的发言

◎我们渐渐有了些来往。我总觉得他身上有一种特别的东西，特别"清"，不喜欢和世俗打交道，对文化和人才却都有一种发自骨子里的爱，好像他就是为文化、为人才而生的。

——摘自石杰《我所认识的王充间》

◎王充间是一个特别看重个体生命价值的人，如何使自己的人生不虚度，实现它最大的价值、意义，是他想得最多的一个问题。他曾多次慨叹庄子、陆游、苏东坡等古人之所以流芳百世，原因不在官职，而在文章。尤其李白，好多人都不知道他做过什么官，可是，他那才华横溢的诗，万古流芳、家喻户晓。

——摘自石杰《我所认识的王充闾》

◎王充闾确实称得上是个智者，不但敏于感悟，而且勤于思考，喜欢在人们司空见惯、习以为常的事情上体悟，发掘出不同寻常的东西。

——摘自石杰《我所认识的王充闾》

◎王充闾的生命中原是有着浓厚的诗意的，他本我的生命力极其活跃，他也曾以社会伦理道德规范来约束它、扼制它。而他于自然中的这种圆融和谐的心态，正标志着诗意已居住在他身上并与身体趋于和谐统一，也标志着他对儒家人生理想的追求进入了更高的层次，达到了更自觉的状态。

——摘自石杰《儒家人生理想的自觉追求》

◎充闾先生对中国历史、文化有那么精深的研究和体悟，又有那么高超的写作技巧，完成这么一本难写的书是基本有保障的。我的师兄孙郁先生早就对我说，充闾先生对中国历史的研究之深、之广，甚至是很多专攻于此的历史学教授所不及的。

——摘自臧永清在《中国好文章》首发式上的发言

◎蘧庐的是当代豪，磊落舜章四海褒。老去坡公传雅韵，归来陶公主风骚。千般笔墨千秋事，万种才情万树桃。多少知音翘首望，文坛又起五云旄。

——摘自李仲元在《走向文学的辉煌——王充闾创作研究》研讨会上的发言

◎旧时的私塾是什么样？在充闾先生笔下，除依旧保持了鲜活的形象与细节之外，又增加了若干从经验出发的纪实性与系统性。于是，我们看到了一系列不乏教科书意味的私塾景观："我"进入私塾前，已经熟读《三字经》《百家姓》，具备了最初的识字和阅读能力。塾师则从《千字文》开讲，继而是以《论语》为起点的"四书"，是《诗经》。接下来依次是《史记》《左传》《庄子》，然后是诸子百家、唐诗宋词、《古文观止》……以上是"我"读私塾的基本内容和大致顺序。而要把这些内容一一装进大脑，并最终内化为自身的修养与资质，还必须遵循一定的方法和路径。依"我"的体验，其要点凡三：一是"详训诂，明句读"，弄通《说文解字》，夯实小学基础；二是重视对句和背诵，在"涵泳"和体悟中练就童子功；三是勤动笔、多作文，发散情思、疏通理路，远离"郁塞"。当然，成功的私塾教育也需要良好的"塾"外环境。在这方面，充闾写了父亲作为"草根诗人"的耳濡目染，魔怔叔化身"博物学家"的言传身教，特别是写了"我"因为不曾背负"父母不切实际的过高过强的期望"而获得的童心童趣的任意飞翔和自由发展。

毋庸讳言，从内容和体系着眼，传统的私塾教育存在明显的缺憾。譬如，某些观念僵化保守，有的知识烦琐机械，而自然科学则严重缺位。唯其如此，在我看来，进入现代的中国，毅然割弃私塾教育，自有其历史的必然性。然而，同样必须看到的是，以往这种割弃是掺杂了匆忙、粗疏与绝对的。正像人们通常所说的，是在泼掉脏水的同时也泼掉了"婴儿"。事实上，源远流长的私塾教育包含了若干我们迄今未必完全意识到的价值与奥妙，是很需要重新辨识、认真发掘和深入总结的。

——摘自古耜《换一副目光看私塾》

◎充闾先生是当今中国作家中少有的几位有大学问的人。

——摘自苏叔阳在中国作协第八次全国代表大会上的发言

◎王充闾是当代散文大家，他不事张扬，是时间把他托出了水面。另外，王充闾也是一位领导，谈论王充闾散文不能回避他的领导身份。中国文化传统的重要特点就是文与官的结合，这就是士与仕合为一体，文与史合为一体。在这种文化传统氛围下成长起来的知识分子就具备特别强烈的现实精神、社会使命感和忧患意识。

王充闾曾经提出一个"文化赋值"的概念，他指的是赋予某一事物以文化价值，以提高它的知名度、生命力、竞争力和影响力。我觉得可以把"文化赋值"这个概念扩展开来，其实对于任何一种特定社会身份的人来讲，也存在一个文化赋值的问题。王充闾通过自己的文学写作，不断地丰厚了自己的文化赋值，因此他也就成为一位优秀的领导。在王充闾的散文中包含着两种情怀，一种是人文情怀，一种是政治情怀，二者相得益彰。王充闾倾情于历史文化散文，这本身就看出他的一种远大的政治情怀，关注历史，也就是关注现实政治，关注社稷兴亡、民族命运。王充闾的散文有着强烈的现实精神，充溢着浓烈的忧患意识、社会责任感和历史使命感。王充闾看上去走的是传统文人的路子，传统文人的路子就是士与仕相结合。他受到文化传统的熏陶，也乐于向先贤们看齐，所以他写诗道："情知宦后诗怀减，俗吏偏思诵雅音。"

但是，这样来谈王充闾是不够的，因为王充闾是一名现代知识分子，他的散文体现出鲜明的现代性和现代意识。所以，他对历史的反思和借鉴，并不像传统观念拘谨下的先前文人那样，总是陷在"循环论"的历史框架内不能自拔。王充闾的写作其实可以看作是一位身处政界的现代知识分子如何在当代中国处理和化解这种张力。王充闾散文中的政治情怀是中国现当代思想史、文学史的一份宝贵精神财富，我们过去对其重视不够，这种政治情怀是一种重要的人文精神，在王充闾的散文中能够读到这些内容。

——摘自贺绍俊在王充闾作品研讨会上的发言

◎充闾先生的创作是一个太大的现象。"五四"以来，有一个传统文化断层的问题，无论是文本、读者还是作者，都是有断层的。但这种现象在王充闾先生身上没有出现。因此，王充闾的创作应该被纳入一个大文化现象来研究。现在，在文化意识和历史意识觉醒的时期，产生了一批作者和读者。在我们面对现代性的时候，应该对传统文化进行剥离和继承。充闾先生的写作搭建了一个桥梁，把优秀的、传统的东西输送到读者身上。

从文学角度来评价，历史文化散文的写作很不容易。但对历史的重读，又有一个很大的钳制现象。应该既介入历史还能从历史事件中走出来，为写作动机和结果寻找一个开放的出口。比如，曾国藩一直被认为是一个成功人士，是有权谋的人，但《用破一生心》这篇散文点破了一个重要的东西，如何用生命、人性的态度来认识历史，这个开口很重要。

——摘自丁宗皓在"王充闾作品系列"研讨会上的发言

◎我与充闾相识二十年，交往虽然不深，联系却从未间断。我发现，他像庄周的燕子一样，与人友好相处，从未见其因讨厌谁而疏远谁、伤害谁。若即若离、疏密有度，理性大于感性。有感于此，我在2006年写了一篇散文，题目为《君子之交》。有人读过，问我，他是不是像庄周的燕子？我说，然也！

——摘自康启昌《阳光少年·王充闾文学评传》

◎飞吧，从小就喜欢庄子《逍遥游》的王充闾，扶摇直上吧；融中国传统文化儒释道于现代文明的王充闾，向世界敞开自己吧；永葆中华文化资源之青春，吸纳海外各民文化血液之精髓，强壮你自己，飞到你能够到达的高度吧！你的朋友将与你同享生命飞越的逍遥。

——摘自康启昌《君子之交》

◎王充闾先生绝不仅仅是营口的王充闾，也不仅仅是辽宁的王充闾，他是我们中华民族的王充闾，乃至世界的王充闾，因为优秀的精神文化必将是全人类共享的。

——摘自李景阳在王充闾文学研究中心成立十周年座谈会上的讲话

◎王充闾先生作为省级领导干部，在辽宁政界口碑非常之好，这是他职业生涯的一座山峰。同时，他作为文化学者，特别是他在退休后又靠自己的不朽之作，成为文化界的又一座山峰。在人生的旅途上，他攀登了两座高峰，他的第二座高峰更有高度，更有维度，更有气度。

——摘自李景阳在王充闾文学研究中心成立十周年座谈会上的讲话

◎我跟充闾先生有过交流，他深深地爱着营口，爱着家乡。那么我们营口怎么做好王充闾先生这篇文章呢？怎么借助于王充闾先生的崇高威望来推进营口的文化建设呢？我觉得这是一个非常有现实意义的课题。

——摘自李景阳在王充闾文学研究中心成立十周年座谈会上的讲话

◎王充闾先生作为优秀文化的研究者和传播者，同时也是优秀文化的塑造者和代表者，确实为我们营口这个城市增光添彩。

——摘自李景阳在王充闾文学研究中心成立十周年座谈会上的讲话

◎营口是在国内有着一定知名度或者说较高知名度的文化之城，我想说的是我们要感恩王充闾先生，这里的历史文化滋养了他，他成长起来了，走出去了，成为国内外知名的作家、学者、诗人。我个人认为他将会成为一位伟大的历史文化学者。

——摘自李景阳在王充闾文学研究中心成立十周年座谈会上的讲话

◎认识王充闾的人们，尤其是知识分子或文化人，往往都有如此的印象：他有着一种似乎是与生俱来的平易人格，而这平易之中，弥散着一种淡淡的儒雅之气，一种平民化的精神姿态。书卷气与笔墨气始终是他的本色，坦诚与真情、智慧与通脱构成了他的生命存在的基调。也许是儒家文化的长期浸润，使其秉承了当今某些领导所欠缺的仁义礼智信和温良恭俭让的道德修炼，依笔者之见，这或许是提升人格品位的必要素质，也是抵御社会浮躁风气的一根精神梁柱。儒家的文化人格，是构成王充闾多年从政清廉而有口皆碑的原因之一，他笃诚奉事、尽心竭力、举重若轻、敏于应对，对儒家的积极进取、为民请命的传统理念有所继承。王充闾从政不谋个人私利，而喜爱和知识分子、文化人广交，乐于为知识分子和文化人士排忧解难，和他们进行文艺、学术上的倾心交流。王充闾也和不少普通人成为知心良友。在他看来，为人平易，既是一种人格修养，也是一种生命境界。每一个生命的存在，在人格意义上，都有相同的价值、意义与尊严。人与人之间，应该互信与兼爱。在这种哲学意义上看待交往与友谊，就不会陷入功利与世俗的思维怪圈。这源于庄子哲学给王充闾的心灵启迪。在儒家与道家的人生哲学的影响下，王充闾的"为人"与"为政"均达到了相对完善的境界。在当今领导之中，像王充闾这样超然于功利与权势之外的，亦是难能可贵了。

——摘自颜翔林《历史和美学的对话》

◎大自然开悟与点化了王充闾的诗心与诗性，八年私塾的受业磨炼使其踱入了汉语言神秘玄奥的宫殿，观瞻它精致优美的结构形式和气象神韵。生命行状与情感体验又充盈了自我的心理积累。王充闾养就了作为一位诗人的"才胆识力"。从创作心理上考察，王充闾身上始终弥散着诗人的心性和气质，守护着诗意化的审美情趣与艺术冲动。首先，他总是以一种非功利化、非实证化的眼光看待世界与人生，往往超越现实语境、凭借一定的审美距离来看待万象与自我。其次，他秉持一颗对自然与人生敏感清澈的童心，始终以本真澄明的心性将自我生命融入自然，以同情关爱的目光体察人事物理。再次，他具有超人的梦幻激情和直觉思维，有一种穿透时空的想象力和领悟力，还有对艺术的狂热痴情和对美的永恒迷醉。最后，他有秋水游鱼、落花无言般的生命境界，也有一种返璞归真、天然去雕饰的人格气韵。正是这些要素，构成了王充闾的诗人气质和诗意人生。正像他沉迷于写诗、填词一样，他的为人与为文也是诗意化的：本真淳厚而美善交融，既有青山碧野的凝重深邃，又有清风白水的空灵智慧。

——摘自颜翔林《历史和美学的对话》

◎八年的私塾苦读，培养了王充闾对汉语言的语感，对母语的迷恋情结，对字词章句的敏锐领悟力。王充闾散文拥有的典雅流畅、飞扬流动、空灵华美、率真明丽的语言风格，和他在塾师精心指教下的语言文字训练与游戏存在着潜在的联系。笔者鉴赏王充闾的诗文，发现作者近乎直觉地喜爱运用双声、叠韵、对仗、对偶、互文等汉语言特有的修辞手段，而这也和他早年的私塾熏陶密切相关。

——摘自颜翔林《历史和美学的对话》

◎王充闾先生颇有正气，称为散文大家、文学大师都当之无愧。王充闾先生在立德、立功、立言方面都值得当代作家和当代知识分子学习。王充闾先生的文学创作不仅具有自身的价值和品位，更给东北文学带来儒雅、博学的气息。王充闾先生是国内和海外有影响力的作家之一，改变了东北文坛的现状。

——摘自高海涛在王充闾文学研究中心成立大会上的讲话

◎包立民先生在《作家文摘》上看到了《不能忘记老朋友》一文之后，用毛笔字，在宣纸上，工工整整地给充闾先生写了一封信。他说："《作家文摘》以如此多的版面来长篇连载，可见尊作之分量了。""您也是一位重情重义的人。我们虽只见过一面，可是您却为拙著一而再地品评题诗。这是什么交情？君子之交也！这是多么难能可贵啊！大作写得真诚、真率、真切，回肠荡气，写出来两个不同政系、不同阶级杰出人物的真实个性。

——摘自包立民致王充闾的信件

◎近年来的文坛像赶庙会似的热闹着、鼓噪着：爆炒作家、包装作品、打造"名牌"。花样不断翻新，喧嚣的程度绝不亚于其他商业门类。因为一些作家已经深谙经营之道，知道自我包装、自我折腾、哄抬炒作是在市场上走俏的终南捷径，于是，他们写了一些作品，备了一些"资本"之后，就把热情和兴趣投入提高自己的市场标价上了。

在这种情况下，如何才能超越外在的喧闹，不为世俗的种种名利诱惑所裹挟，保持一份心灵的天地？王充闾深感到这种超越的难度："我也同样生活在滚滚红尘里，经受着各种各样的心灵羁绊，政治意识形态方面的束缚，市场、金钱方面的物质诱惑，都曾摆在眼前，而且，仕途经历又使我比一般作家多上一层心灵的障壁。"但是，"我觉得，人生总有一些自性的、超乎现实生活之上的东西需要守住，这样，人的精神才有引领，才能在纷繁万变的环境中保持相对独立的内在品格，在世俗的包围中葆有一片心灵的净土"（《渴望超越》）。

守住自性，保持相对独立的内在品格，葆有一片心灵的净土，这是一种精神的内省和自觉，而它的前提是要对那些看得见摸得着的名利诱惑保持足够的警觉。多年来，充闾先生在这方面执着得近乎固执，他尽量避开电视镜头，避开各种宴请应酬，避开红红火火的颁奖剪彩，避开各种场合的没有灵魂在场的讲话……总之，避开令许多人艳羡不已、趋之若鹜的浮华，尽可能保持一种内在的精神生活，沉浸在那些文学自身永远无法绕开的问题中：那些过往生活中呈现的人生的悖论，那些来自生命深处的困惑，那些在当下生活中必须面对的难题，特别是那些发生在过去时代，却又能给今天的生活以借鉴的人和事……他为这些问题所纠缠，所困扰，在写作中经验痛苦和愉悦。他摒弃种种生活的诱惑，一次又一次地挑战自我，向思索的深度、冥想的广度掘进，在散文天地中，留下清晰的生命足迹：思考愈深，诗意愈浓。

守住了这份内心的宁静，也就守住了一个精神的天地，充闾先生以全部热情苦苦探寻着内在的超越之路。

——摘自李晓虹在王充闾作品研讨会上的发言

◎王充闾的写作没有停留在一个固定的方位上，他始终在行走，在探寻，在不断超越中呈现新的气象。他首先致力于超越外在的喧闹，不为世俗的种种名利诱惑所裹挟，保持一份心灵的净土。作为一个散文作家，和同时代的作家相比，他的作品以深厚的古典文学功力见长。进入20世纪90年代以来，王充闾不再满足于仅以清新的笔调，表现生活中、自然中的美和诗意，登攀的热情和思索的创化扩展了他心灵的维度。他开始走向文化散文的创作。他的着眼点在于从当下出发，重新开掘传统中蕴含的历史深意和哲理意味。他有目的地走向那些曾经产生过辉煌，但最终被时间湮没，而今早已不复存在的历史名都，在那里打捞那些具有超越时空意义的东西。对于历史名都的关注，使作家获得更大的思索空间。从中打捞出超越生命长度的感慨：永恒与有限、存在与虚无、成功与幻灭、苦难与辉煌。如果说，在20世纪90年代，王充闾的历史文化散文创作只是近十位同类写作的作家中极有特色的一位的话，那么，在世纪之交，当历史文化散文的创作处于停滞不前的状态时，王充闾的创作无疑给这种文体注入了一些新的活力。

——摘自李晓虹在王充闾作品研讨会上的发言

◎近年来，王充闾最突出的超越，就表现在力矫自己乃至当前文化散文创作中普遍存在的作家精神主体参与不足的问题，由自我放逐到主体凸显；立足于生命本体，注重自由心性的抒发，在对历史的述说、对古人的灵魂叩问中，解析文化悖论，寻找人性的出口，抵达心灵深处，深入思考一些带有明确精神指向的问题。这样，他就获得了更为广阔的精神视界和心灵空间，进入更深层次的思考，也为历史文化散文的发展展示了一片新的天地。

尤其值得一提的是，他在 2002 年发表的《用破一生心》，对曾国藩这样一个一向存在着巨大争议的人物，未做简单的善恶、是非判断，而是深入人性的层面去解读。在曾国藩身上，智慧、经验、知识、修养，可以说是应有尽有；唯一缺乏的是本色、天真。这是一种人性的扭曲，绝无丝毫乐趣可言。对曾国藩的深入剖析实际上是切入了一个被仕途扭曲变形的知识分子的内在本质，写透了这个人物，从这个道德典型身上我们看到一个在仕途上心灵萎缩、临深履薄的中国古代奴性知识分子的缩影，并能感受到这种人生悲剧在现实生活中也并没有绝迹。

应该说，对中国古代知识分子历史命运的探索，是王充闾散文中最具特色和深度的部分，也是他自我超越后达到的新的境界。正是在这里，作者与历史和当下构成了立体的对话关系，表现出新的气象。

——摘自李晓虹在王充闾作品研讨会上的发言

◎王充闾永远不给自己寻找停下来的理由：多次获奖，没有使他陶然于种种赞誉，眷恋自己的留痕；年逾花甲，没有使他觉得老之将至，无力前行；省级领导的角色、忙碌而喧嚣的生活没有对他产生太多的内心限定……他选定了"创作"这个永恒的状态。他始终觉得自己未完成。

——摘自李晓虹《未完成的王充闾》

◎阅读充闾先生的作品《青灯有味忆儿时》，我发现了他的艺术灵魂与生长环境的微妙联系。在他委婉动情的叙述中，刚强的慈母教给他通达事理的做人本分；心境苍凉的父亲以子弟书下酒，播下了他热爱文学的种子；温婉的嫂子蒸的碗花糕和包了铜钱的饺子，令他感受到了回味无穷的亲情温暖；博学多识的魔怔叔，引领他凝神细听唧唧虫鸣、识别花鸟草木，满足了他的好奇心；小好姐姐熨得平平展展的"四书"像新的一样，饱含了少年朦胧的情愫……这些生活中的光明因素,使年少的他得到了有益的指引与滋养,向善、向学、儒雅的品格与从容的性情,自然而然地在他的血液中无限生长,以至于在大半个世纪以后的回忆里,依然葆有本色童真的乐趣。

同样也是书写生命体验的,还有一篇《疗疴琐忆》。记述与疾病做斗争,充闾先生论述了痛感与智慧的相互关系,论证压抑与创造力的交互作用。以自己同小护士的对话为线索,将对肉体的疼痛医治转化为对内心创痛的关注,而这一系列复杂的过程和所有震撼人心的语言,都是用最平和的语气说出的。这让我想到苏格拉底或者歌德的谈话录,里面没有华而不实的修辞,只有处于个人命运最残酷的搏斗之时,思想者的精神闪光。通过这一点,我懂得了散文不是华丽的装饰品,它更加接近的是哲学。

——摘自王丽文《一个大作家的细小生命体验》

◎读书,就是读人;读书简,也是读人。一部《文学书简》,让我以最直接、最简捷的方式,看到了充闾先生的心灵世界。两百余篇信件,碎片式地记录了他四十年间与相识不相识的、知名无名的、年少年长的新知旧友的交往行踪。简短的书信回复、答疑解惑、学术交流,体现了学富五车般的渊博,饱含谦恭儒雅的风度气质,认真平等、推心置腹的语言格调,满怀让人如沐春风般的优秀品格。

——摘自王丽文《一个大作家的细小生命体验》

◎博学多识,使王充闾在政界能够保持清醒头脑,善于动用辩证法来认识、分析和思考问题,处理问题比较全面。而登高临远,眼界开阔,阅历丰富,思路清晰,洞悉世事,练达人情,对于搞创作、做学问,又是一种优势。王充闾善于把两方面的优势(而不是短处)结合起来,所以他取得了其他领导、学者、作家所不易取得的独特成就。

——摘自刘文艳《宦况诗怀一样清》

◎王充闾的文学修养、文学成就和学术水平，使他在全省文艺界、新闻界、出版界、理论界、教育界都享有很高声誉，这为他担任宣传部部长这一要职奠定了坚实的基础。

——摘自刘文艳《宦况诗怀一样清》

◎王充闾很少参加一般应酬性活动，也不愿在电视上频频露面，他反对务虚名、图虚荣、做虚功。

——摘自刘文艳《宦况诗怀一样清》

◎王充闾作为一个学者型的领导和学者化的作家，能够自甘淡泊，在繁杂的行政事务之中保持一块心灵的绿洲。他把时间做了严格的划分，工作八小时之内，尽心竭力处理工作，绝不旁骛。而在八小时之外，便沉浸到那片心灵的绿洲里，保持心境的洁净与清静，专心致志搞创作。

——摘自刘文艳《宦况诗怀一样清》

◎他（王充闾）是个耐得住寂寞的人，对世俗的应酬唯恐避之不及。他的家门没有逢迎之俗客。在官场中，他是一个独具特色的人。他极度珍惜时间，一些大的场合，他很少露面，尽力避免世俗应酬，抓紧时间读书和创作。他潜心文学创作，牺牲了常人应有的生活乐趣，影院舞场与他无缘，探亲访友无暇顾及，迎来送往绝无兴致。

——摘自刘文艳《宦况诗怀一样清》

◎无论在政界还是在文学界，在辽宁省内还是省外，对鼎鼎大名的王充闾，有一个共用的统一称呼：充闾同志。他在省、市两级都曾当过领导，可是，没有人称他王主席、王部长、王主任。我想，这正是他礼贤下士、敬老尊贤的崇高品格所形成的凝聚力、亲和力使然。

充闾自幼饱读诗书，打下坚实的国学基础；加之他敏而好学，一心毕其功于一役地做学问、搞创作，故斩获十分了得！其历史文化散文纵横捭阖，雍容华贵，彰显深厚的学养底蕴。但其文名已将其诗名遮盖，都知道他是当代散文大家，却很少有人知其诗词创作功深律细，严守章法，时有发人深省的警策之句，也是中华诗词界一大家。其《写怀寄友》七律受到诗词界交口称颂，入选国家多种权威选本。他是清廉自守的儒官！享誉中外的作家！经纶满腹的学者！诗律精细的诗人！

为此，我曾撰得一联，表达我对其人品、文品和诗品的敬重，联曰："诗名已被文名掩；德品方同艺品彰。"

——摘自姚莹给王充闾的贺信

◎作为一个职业出版人，我们被大众关注的是做什么事，应该选什么样的作者，出什么样的作品；做一个编辑要学会"附庸风雅"，这样一来你的心态才能摆正，对一些问题的认识才有深度。编辑还要学会"以假乱真"。以假乱真这个"假"是什么假？不是作假，偷偷把别人的东西剽窃过来。它是假学者之名，行编者之实！编辑和学者的交流另外一点就是"中饱私囊"，所谓中饱私囊就是多看书、多了解学者，这样从深度上才能出好的作品，这样才能给优秀的学者提供最好的服务。

实际上，王充闾的散文是一个品牌、一个信号，是为建立一个书香的社会而奠基。书香社会是很实在的东西，我认为充闾的作品是标志性的，是我们书香社会理念的一个重要元素，就是要告诉学者我们要做这种东西，也是我们向更多的优秀作者的呼唤。

——摘自俞晓群在王充闾作品研讨会上的发言

◎王充闾散文在聚敛传统、聚敛道德价值层面上达到了中国散文界多年没有触及的高度。

——摘自高凯征在王充闾散文作品研讨会上的发言

◎我之所以称王充闾为先生，是因为我对他为人品德的高洁和人格魅力的赞许，为官清正廉洁和敬业精神的认同，以及为文学识渊博和治学严谨精神的崇拜，并由此从内心生发出对他的由衷敬重和钦佩。他虽然官居高位，但他从来不摆架子；他虽然德高望重，但他从来不居高自傲；他虽然学富五车，但他谦恭不亢。他虽然不是我的直接领导，但我曾经亲耳聆听过他的教诲。因此，他也成为我心中最崇拜的偶像和最敬佩的先生和导师。

——摘自赵明晨《我所知道的王充闾先生》

◎他（王充闾）不吸烟，不喝酒，不贪玩，除上班办公、三餐一梦、和排队买豆腐之外，其他时间全用来拥抱他的散文，不惜绿鬓消磨，老之将至。

王充闾是智者，也是勇者。能官又能诗，破了传统。这，不论于官还是于诗，都是幸事。

王充闾才识博达，博学多闻，旁征博引，说理周到，使作品内容大为丰厚，故称学者型散文家。他熟读诗词歌赋，具有诗才，绝句律诗均不落俗，他的散文是以诗句为钢材浇铸而成的，故称诗人型散文家。

王充闾是现任领导，不大不小的领导。从他以"人民勤务员"自称，劝告"人民勤务员"们清夜无眠、扪心自问，何德于广大群众的殷切呼吁来看，当是清官无疑。他公务繁忙可想而知，还要写作。他有诗自嘲云："情知宦后诗怀减，俗吏偏思作雅人。"

——摘自阎纲《诗人型，也是学者型》

◎他（王充闾）依然属于中国正统的知识分子，而且是保留儒家思想因素较多的知识分子。尽管他广泛地学习了西方现代哲学、人文社会科学的思想理论和文学理论，并对其由衷地赞叹，但他还是没有改变自己的文化立场，还是从一个文化主体的视角以自己的经验理解和吸收，将其纳入既有的思想理论体系之中。这并不是说他对待西方现代文化思想的吸收缺乏真心，而是文化交流的规律所决定的，这也是中国新文学发展历程的一个缩影。从这个意义上来说，他不只是传统文化与文学精神的传承者，他属于当代，属于具有世界性、现代性的现代知识分子。

——摘自赵慧平《王充闾散文创作审美心理分析》

◎王充闾是中国汉语文学发展历史进程中的优秀散文作家，是中华传统文化赋予了他精神的原型，塑造了他的人格理想和文化品格，他的思想与中国优秀知识分子一脉相承。

——摘自赵慧平《王充闾散文创作审美心理分析》

◎充闾先生的散文近些年得到越来越高的评价，最根本的原因是人们意识到了它的文本价值。充闾先生是一位有着深厚古典文学修养的作家，传统文化的浸润使他对自然、社会、人生的理解和感受方面带有深刻的文化母体的印记，这一切所显现出来的艺术精神都是西方文化背景下形成的写作方式所不具备的。我还要特别强调，充闾先生对现代文化的大量汲取，使他的散文在哲学的深度追求方面形成了多元的融合，增加了现实批判的力量，更为汉语文学与世界文学的交流提供了可资借鉴的方式。对于充闾散文的这种特殊的文本价值，我们必须给予关注。

——摘自赵慧平在"王充闾作品系列"研讨会上的发言

◎我不认识王充闾同志，常言"文如其人"，读了他的《人才诗话》，我才认识到他也是一位孔子所说的重视人才的"智者"。

——摘自叶易《论才发精言 诗话创新篇》

◎王充闾的创作给予我很多启示。历史是敞开的结构，后人有权说什么做什么。人类要反思认识社会形态，不能不思考历史，因为都是历史的产物。历史的进程是一个民族文化血液流淌的过程，文化基因是深入血液的，每个民族每个人都惧怕自己的文化身份模糊不清。对历史进行重新言说，用文学的方式赋予历史以艺术的言说，是历史使古人与今人相通。那么，怎样与历史进行对话，要具备三个特点：史学家的眼光、哲学家的哲思、文学家的才情。除了这三点，还需要作家有一颗博大的心，抓住人类基本的情感，跨越时空，写出人之所以为人的基本价值。而为这一切奠基的底座就是悲悯。这是古人与今人心灵相通的契合点，是人的修养得到升华的结晶。

充间先生在与历史对话中排除中间物。自觉的文体意识形成了他雍容大气的文风，面对共同的历史形成了不同的言说。对于他的研究只是一个开始，他的创作为文学资源、精神资源、文化资源的研究提供了丰厚的文本。

——摘自张大威在"王充间作品系列"研讨会上的发言

◎学者、作家、官员三位一体，尽管他处理得很好，在许多时候、许多场合都显得很洒脱、很从容，但久居政界和闹市，对他这样具有文人气质的人来说，也并非尽是乐事。

——摘自甘以雯《学者·作家·官员》

◎充间先生刻苦自励，不沉湎于高官厚禄，只要是公余，便与青灯书卷为伴，沉浸在一种学术的氛围、艺术的情绪当中。我想，不管他今后的仕途如何，在艺术和学术的路上，他永远会一往无前的。

——摘自甘以雯《学者·作家·官员》

◎我看人，总是凭感觉。对充间，从我读他作品的感觉，从我自一些文学会议上见到他时的感觉，我对他的印象是学者、是诗人、是作家，而且是学者型的诗人作家，是谦和、平易、平等待人、以诚待人的诗人作家；

虽然，他肩负着辽宁宣传工作的重任。

　　　　　　　　——摘自阿红的《用心灵酿制的散文艺术》

　　◎ 据我看，充闾先生创作的文化资源共有三条线索。一是中国传统文化资源。但不能单纯地说是儒、道、释，是三者纠缠在一起的。二是马克思主义文论系统资源。三是欧洲传统文化资源。

　　目前，东北文化面临转型，充闾先生的创作是文化转型的代表，是东北文化滋养了他，但从他的创作中很少看到地域性的东西，他的创作是开放性的、交融性的，是大气磅礴的。他早期的作品还有狭窄、狭滞的东西，但现在的创作中几乎是看不到的。我认为研究东北文化转型，他是一个很好的线索，是一个重要的代表，是这种文化转型的集成者。这就有必要进行文化资源方面的深入研究。充闾先生的创作文化显相丰富，但缺乏梳理。

　　还有一个文学性和学术性的问题。学者散文不是身份问题，而主要是由学术性决定的。充闾先生的表现更明显，对学术问题的借用，对对象的哲学性把握，这里就提出了一个文学性和学术性的关系问题，他不是学院派的学者，但他的散文学术性很强，研究没有给予足够的重视。

　　　　　——摘自周景雷在"王充闾作品系列"研讨会上的发言

　　◎他（王充闾）给营口人民留下颇高的形象：一曰他儒雅谦和、博学多才，饱读诗书、励志勤奋；二曰他平易近人、作风民主，清正廉洁、行居俭朴；三曰他胸怀宽广、光明磊落，严于律己、宽以待人。大家公认：王充闾先生的为人、为事、为官、为文堪称领导干部的楷模。

　　　　　　　　　　　　　　——摘自张冰《乡梓情深》

　　◎在营口工作期间，他（王充闾）与老一代的知识分子、学界名流冯定庵、沈延毅、吕公眉、陈怀、孙昌武等大批名家建立了深厚的友谊。

1985 年，营口市党政代表团出访日本，身为市委副书记，他主动提出由党外副市长宋宝玉同志担任团长，说是便于开展工作。1999 年，党外著名诗人吕公眉先生逝世，正值酷暑，王充闾先生百忙之中从沈阳赶到盖州，亲往灵前吊唁，并应吕老的生前嘱托题写了墓碑。2001 年，著名爱国人士、市政协原副主席冯定庵先生，以九十岁高龄写出回忆录《无悔人生》，特意请王充闾先生作序，说："请你聊缀数言，并非由于位高名重，而是出于内心的敬重。"

——摘自张冰《乡梓情深》

◎王充闾先生的祖辈从河北大名府迁至辽宁省盘山县后，也把老家乡间"讲古说书"的习俗带了过来。每至傍晚，邻人便聚集在一起，说书讲古，谈奇道异。童年时代的王充闾受到了潜在的历史与文学的熏陶。特别是从六岁起他便就读私塾，八年时间，从"三、百、千"到"四书五经"，通过熟读以至背诵儒家经典和《左传》《史记》《庄子》《楚辞》《文选》以及唐诗宋词、历代散文等，奠定了系统的国学基础，厚植了传统的文史积淀。

——摘自张冰《中国当代文学巨匠王充闾》

◎从王充闾先生的文学作品中，你还可以感悟到他热爱党、热爱祖国、心系人民的忠贞意志与奉献精神；传承与弘扬优秀民族传统的自觉意识与文化自信精神；坚韧不拔、刻苦磨炼、自强不息、言行一致的坚定意志与顽强奋斗精神；渴望超越、挑战自我、不断创新、永不自满的坚强毅力与积极进取精神。

——摘自张冰《中国当代文学巨匠王充闾》

◎王充闾先生从 1985 年开始，直到 1995 年，十载之功，长期坚持自觉补课。他曾专门利用三个月时间，系统地学习了恩格斯的《反杜林论·哲学编》，反复精读，共有五种笔迹，上面写满了学习心得。在此基础上，又深入研读了马克思和恩格斯的《德意志意识形态》、马克思的《1844 年经济学哲学手稿》，这些经典著作为他的认知与领悟开启了一扇窗户，还有黑格尔的《美学》、罗素的《西方哲学史》、丹纳的《艺术哲学》、卡西尔的《人论》等美学、哲学名著，国内几位美学家的著作，以及法国年鉴派史学、美国新历史主义史学著作。这在理论根底、思维方式、认知能力方面，为其转向历史文化散文奠定了基础。

——摘自张冰《中国当代文学巨匠王充闾》

◎誉满文坛四海闻，博学儒雅著等身。中华百代多才俊，辽海千年第一人。

——摘自张冰《芦堂吟草——敬给王充闾先生》

◎王充闾是当之无愧的当代的一位散文大家。可以说，他是一位炉火纯青的文体作家。他的散文创作最为全面和典型地代表了学者散文的文体风格特征及突出的典范性成就。如果不算太轻率、唐突的话，那么，我以为是可以将余秋雨和王充闾分别视为 20 世纪 90 年代中国学者散文的南北两大家的。这种在同一类文体上南北地域对应出现的大家并立现象，其他文体的创作中似乎还未能见到，说起来也真有点巧合的意味。

——摘自吴俊《散文大家王充闾》

◎他（王充闾）是一个纯粹的中国人。民国时期，有人从文化的领域去展望，认为"中国的领土里面几乎没有了中国人"。当代外黄里白的"香蕉式"中国人更不乏其人。而生于民国二十四年（1935）的王充闾，却六岁入私塾，从"三、百、千"入手，读"四书五经"、"左史庄骚"、《昭明文选》、袁王《纲鉴》、《古唐诗合解》等，整整读了八年，打下了坚实的国学根基，青壮年时期又不断朝饮木兰之坠露，夕餐秋菊之落英，造就了他古典中国人式的儒雅风范——温和敦厚，气象博大，为人不发尖刻之语，为文不尚偏颇之辞，一切如行云流水，自然妥帖。

——摘自刘品毅《解读王充闾的三个维度》

◎他（王充闾）是一位才、学、识兼备的学者型作家。其学如弓弩，才如箭镞，识如准星，每射必中。在他的眼里，世界是透明的，人生是可以随处感悟的，于是发而为文，便每每洞幽烛微，洞中肯綮，洞穿玄机，洞鉴古今。这是真正的学者，是社会的、国家的乃至全人类的宝物，而亦即是祥瑞。

——摘自刘品毅《解读王充闾的三个维度》

◎他（王充闾）是一个人性丰满的当代诗人。他的诗情便是他生命的气场，他的意象便是他对美好事物的弘扬，他的意境便是他生命体悟后的禅机理趣。"志在坤乾存正气，翕张舒卷任天真。"他的赤子之心让他永葆文学艺术的青春。

——摘自刘品毅《解读王充闾的三个维度》

◎王充闾先生是著名的文学家和诗人，当代文坛的泰斗，他的诗词文章，是真善美的宣言、先进文化的标志，是中国特色先进文化的旗帜。我荣幸地走近先生的文学芳苑，有志在时代先进文学的旗帜下，在充闾先生的文思感召下，成为当代先进文化的学习者、实践者和推动者。

——摘自刘连茂《先进文化之宣言 时代文学之旗帜》

◎王充闾是一位哲学家、思想家。他曾说过："如果人生可以重新选择的话，我一定要研究哲学。"因此，他对老、庄著作情有独钟，在其散文创作中，鲜明地渗透着老、庄的艺术精神。

——摘自刘继才《文章老更成 健笔意纵横》

◎王充闾以诗人的气质和艺术手法写散文，使他的满怀诗情像泉水一样流淌于字里行间，初看似乎看不到诗在何处，而细读则无处不是诗。

——摘自刘继才《文章老更成 健笔意纵横》

◎王充闾之所以能成为一代散文大家、文化名人，其原因概括地说大约有三个"一"，即一生读书、一怀才情、一场大病。

——摘自刘继才《文章老更成 健笔意纵横》

◎我有幸与充闾先生结识，是从诗文开始的，也可以说是以诗为缘，以文为媒。是充闾先生诗文的魅力，吸引了我，感动了我，折服了我。对于充闾先生的道德文章的感佩，可以用两个字加以概括，那便是：崇仰！

——摘自原学玉《文苑高风励后昆》

◎承蒙四次接见，充闾先生给我留下了很深的印象，他谦和儒雅、平易近人、学识渊博、谈笑风生，没有一点儿当领导的架子。走近先生，如坐春风，顿生一种亲切感。他是地道的一个书生、一个读书人、一个学者、一个博学鸿儒、一个思想家，一个"宦况诗怀一样清"的人民公仆。

——摘自原学玉《文苑高风励后昆》

◎充闾先生的诗文如海如潮，博大精深。在我看来，如果用最简练的文字评析先生的道德文章，似可用"真"和"新"二字加以概括。所谓"真"，即真下功夫，真做学问。这有充闾先生一生风雨无虞，耕耘不辍，写出七十余部著作和大量的读书笔记为证。不下真功夫，没有呕心沥血和毕生的辛勤笔耕是绝对不可能取得如此举世瞩目的丰硕的文学成果的。所谓"新"，则是指充闾先生的文学成果在现当代文学领域拓出了一片属于自己的、不可或缺的、不可替代的新天地。

——摘自原学玉《文苑高风励后昆》

◎言为心声，诗如其人。王充闾先生正是如此，"宦况诗怀一样清"。他于官场，清正廉明；他于文道，誉满九州。他根植营口，心牵营口，关心关注营口诗词和营口诗人。营口得益于他的关注和指导，营口人钦敬他"宦况诗怀一样清"的品格，钦佩他在文化领域里所取得的丰硕成果。

——摘自汤和伟《充闾先生与营口诗词》

◎有史以来，许多国人喜爱兰，尊之敬之，称它为花中"四君子"之一。

"婀娜花姿碧叶长，风来难隐谷中香。不因纫取堪为佩，纵使无人亦自芳。"清朝康熙帝的一首《咏幽兰》，赞扬了兰花高尚的品德和可贵的情操。孔夫子曾誉兰花为香国的王者，屈原也曾用兰花来比作贤人美士；而郑板桥爱兰，至死不渝，更为人所称道。后来，又有一种兰花把"君子"二字冠入名中，直接称为君子兰，可见人们对兰花是多么敬仰。它那高雅的风姿，特立不群的君子之风，不得不让人叹服。

兰花被人们珍爱，乃至敬重，并非怀古之举，而是有感于今了。"君子怀德"，他所怀的品德，如山高水远；"君子喻于义"，他所信仰的主义，如地久天长；"君子不忧不惧"，他无疚而不忧，无私而不惧，这，该是当今君子之风的精魂了。哦，君子谦谦，温和有礼，有才而不骄，得志而不傲，居于谷而不卑耶。

面对兰花，我曾想，敬仰它的人，有几多知道为什么要敬仰它，在能回答出原因的人中，又有几多想成为兰花。在我的印象中，养兰花的人许许多多，历代的文人骚客写诗著文赞美者许许多多，只不过是密密麻麻花千树，树间却难得一见兰花人。爱兰、学兰、成兰者，要经过一个超凡的淑化，何其难矣。天下无空巷，君子有几人？

20世纪60年代，我还是一个啃食名著的小青年，对报社、期刊编辑十分崇敬。当时，我听文友说，营口日报副刊有位编辑很有学问，给作者回信时用的是毛笔，写的是蝇头小楷，我羡慕以极。当时都兴用钢笔写字，能用毛笔者几乎不见，心想他一定是个秃顶的老饱学。于是，我在心中埋上了一个十分崇敬的名字——王充闾。

——摘自高作智《幽兰贵独芳》

◎境界超物外，风姿寄高雅。我与充闾先生相识至今已有四十二年，无论他在营口还是到省城，他为官清廉，从未听说过钱物上的瑕疵，哪怕是一点点的传闻。他不近烟，不亲酒，深爱知识，欣赏才能。他讨厌庸俗的交往，从不与低俗同流合污，从不为接受利益而指鹿为马。

——摘自高作智《幽兰贵独芳》

◎王充闾早年有私塾训练，对于古代诗文别有感觉。他是学者类型的作家，对于古代文学的认知不都在感性的层面，还有直逼精神内觉的理性领悟。阅读作品时，涵泳中灵思种种，流出诸多趣谈。但又非士大夫那样载道之论，而是从现代性中照应古人之思，遂多了鲜活的判断。我阅读他的书籍，觉得不是唯美主义的吟哦，在对万物的洞悉中，起作用的不仅仅是学问的积累，还有生活经验的对照。心物内外，虚实之间，不再是隔膜的存在，作者看到了人世间的阴晴冷暖。从诗歌体悟人生哲学历史，这个特别的角度也丰富了他的散文写作。

——摘自孙郁《诗之内外》

◎充闾对人生、对世事的态度向来是严肃的，他的思考是深刻的。在日常交谈中，新鲜精当的见解层出，读他的文集时，字里行间常可见到启人之思的哲理警论。尤其在本书（《柳荫絮语》）第五辑十六篇"材论"中，他关于人才问题的策论，革故鼎新，鞭辟入里。同时，以诗话的形式，旁征博引，娓娓道来，除非僵化、冥顽，当能首肯、信服、采纳。

——摘自任民《别有情趣播芳馨》

◎充闾皇皇著述，自成一家，名噪南北，为弘扬中华传统文化，繁荣当代文学创作，夙兴夜寐，呕心沥血，其风可长，其志可效。为后来者表率在于，以其人生阅历的凿凿业绩，深刻地诠释了人皆知晓而轻忽弃守的朴素真理：天才出于勤奋！

——摘自任民《笔耕墨耘镌钟鼎》

◎充闾先生是一位名播四海的大作家，一位省部级的领导，可以说是功成名就，事业辉煌。然而先生却始终保持一领青衿的读书人的心态，保持着一个平民的心态和情感。

——摘自孙临清《书生本色自始终》

◎王充闾不是一个纯任感觉自由漂流的作者，也不是一个随意发表想法的书写者，而是受到一定的文化观念或理性思想支配的创作者。

——摘自李咏吟《寻求那飘逝的文化诗魂》

◎读王充闾的作品最突出的感受就是，我宁可把他看成是一个哲学家，一个美学哲学家。

——摘自王志清《焦躁的叩问》

◎王充闾保持了书生的本色，所以他游历天下，而不消磨志气，身临山水，而情系古今。田家英曾抄录过毛泽东非常欣赏的一副联语"四面江山来眼底，万家忧乐到心头"，谨录之与王充闾先生共勉。

——摘自胡河清《冰雕银钩绘南天》

◎王充闾的"形象"到底是什么样的呢？我首先想到的词汇，是"平易"和"善意"。作家对人类命运的关怀，对精神价值的反思，对个体生命的悲悯，全都包裹于平易的姿态中，都充满了真诚的善意。从充闾先生身上，我们感觉不到那种指点江山、盛气凌人的骄狂之气，尽管他的作品中不乏终极关怀；同样，我们也寻找不到那种僵涩生硬、拒人千里的学究气，尽管他有深厚的传统文化功底。他以从容不迫的笔触描绘、解剖和思索，而所有的答案又都通向那充满善意的终点。这看似简单，但对于作家来说，却又是不可多得的品质。

——摘自祝勇《平静的言说与不平静的回响》

◎子曰：君子不器。其内涵是，有教养之人无论是做学问还是从政，都应该博学多才。我国传统社会士大夫大都具有通才素质，睿智洒脱，博学风雅，其德、其智、其趣、其貌当为人中之俊杰。那时，在我的心里，充闾先生就是这样一位集领导、学者、文人、雅士于一身的"君子"。

——摘自程绿竹《留得岁月纸上香》

◎中国的文学史上，当代最有分量的一位，非充闾先生莫属。

——摘自曹辉《读充闾老师〈蘧庐吟草〉想到的》

第二部分

名家评述充闾先生其文

◎王充间曾在官场，也生活于世界即商场的时代，但他仍然没有被"驯心"。他独立的思想和情怀，在温和从容的书写中恰恰表现出了一种铮铮傲骨，在貌似散淡的述说中坚持了一种文化信念。这是王充间散文获得普遍赞誉的最重要的原因，也是他能在散文的困境中矗起一座丰碑的真正原因。

——摘自孟繁华《散文困境中的一座丰碑》

◎散文家王充间是我们这个时代最优秀的作家之一。他大量的散文创作不仅证实着作家处乱不惊依然故我的人生哲学，在纷乱如云的文化时代对文化传统和现实问题处理的镇定和成熟；同时，也在他关注的文学和文化命题中显示着他纯粹的审美趣味和一个现代知识分子的精神修养。他的散文可以概括在文化散文的范畴之中，但是，他在作品中所达到的历史深度和情感深度，他的散文所散发出的文学魅力给我们带来的崭新阅读经验，使我们有理由对文学的信念坚定不移。在我看来，王充间散文的动人之处，大致可以概括为"唯美主义"特征、深邃的历史眼光、对精神归宿的寻找以及他诚实的生命体验和文学性的表达。

——摘自孟繁华《生命体验和散文的文学性》

◎王充间在状写这些对象的时候，以诗入景是他常用的手法。这既与他的修养有关，也与他的情怀有关。但他以诗入景不是抒思古之幽情，发逝者之感慨，而是情景交融自然天成，无斧凿痕迹和迂腐气。这种手法超越的是"诗骚传统"，而凸现的则是书卷气息。

——摘自孟繁华《生命体验和散文的文学性》

◎王充间的文化散文在文坛上独树一帜，可以看作是这个时代散文创作的标志性成就，他在文坛引起的巨大反响仍在持续。——王充间先生就是这个时代融汇古今、学贯中西的大学者和散文家。

——摘自孟繁华《谈文学大东北：地缘的建构与想象》

◎他书写日常生活的片段感受，抒写清风绿水的恬淡情怀，他的文字里有仙风道骨，也有人间冷暖；但他更沉迷的，似乎还是几千年来的中华本土文化历史，这些文字里有一个民族的精神血脉，有人文世界的日月星辰和江山万里。

——摘自孟繁华《评王充闾〈国粹：人文传承书〉》

◎面对浩如烟海的传统文化，摒弃什么、传承什么，是一个时代的大命题。当下，求新求变几乎无处不在。当然，求新求变，是时代的要求，是一个国家民族发展的要求。但是，求变必须知常，不能数典忘祖。祖先崇拜、思想文化、人文地理以及生活哲学等，也是历史学家、思想史家要处理的对象。那么，王充闾的文化历史散文为什么还有独特的价值，这就是王充闾散文的文学性。王充闾散文内容的丰富性，与《史记》《左传》《资治通鉴》等中国典籍有谱系关系。这些中国古代典籍是中华文化的元话语。我们可以将其作为历史著作来读，也可以将其作为文学著作来读，当然，那里也蕴含着中国特有的哲学智慧。王充闾的散文继承了这一传统。他的笔下有历史，有中国哲学的智慧，同时也更具文学性。他谈论的是历史上的人与事，但常常枝蔓开去，或联想、或抒情、或状物，天上人间信马由缰，既撒得开也收得拢，既鲜活又形象，他深得中国传统文章神韵和做法。他的文字用"庾信文章老更成"形容，是再贴切不过了。读充闾先生的文章，也进一步明白了什么是文如其人。充闾先生为人温文尔雅、和颜悦色，他的修养我辈是无论如何也做不到的，望其项背也难。他的文章给人的感受也不是大开大阖，醍醐灌顶，而是如涓涓细流，沁人心脾。我们在他娓娓道来中润物无声地受到感染和滋养，他的知识储备、讲述方式以及对历史的理解、同情和会心，都给了我们通透、明了的启发。

——摘自孟繁华《评王充闾〈国粹：人文传承书〉》

◎辽宁教育出版社新近出版了王充闾的作品系列，内容包括六本散文和一本诗词集，它们是《寂寞濠梁》《文明的征服》《西厢里的房客》《一夜芳邻》《山城的静中消息》《天凉好个秋》和《我有诗魂招不得》。这七本书大体包括了作者过去创作的大部分作品。尤其是六本散文集在题材与主题方面实现了归类整合，各有侧重，更能见出文本的整体合力，使一位散文大家的精品创造的势能更显突出。

——摘自王向峰在"王充闾作品系列"座谈会上的发言

◎一般写散文的作者，大多以时间过程中生成的散文数量为编集原则，或薄或厚，大体够几个印张之后即可编成一集。这是常见的一般写法和编集法。而发展成文体作家之后，或因其散文所写的题材与主题为风格制约形成了侧重点，或因其形成了作家的以至文体的风格，不论写什么都具有作家风格的统一性，这时编成的散文集却与前者有很大的不同。我们看苏轼写人物、写景的散文，都见有苏轼自身的风格特点。鲁迅回忆青少年时代生活的《朝花夕拾》，布丰写《自然史》，巴乌托夫斯基写俄国，以及欧洲许多作家的散文，都是可以探讨文集主题的散文杰作。有鉴于此，王充闾的散文创作，越来越有工程意识，编辑文集时越来越有主题意识，形成了今天作品系列中所展示的千秋叩问、红尘解悟、昔梦追怀、文化乡愁、山川赏读、生涯旅寄等人生内外两界的般般情味。每一集都有这样的务总纲领，杂而不越。

——摘自王向峰在"王充闾作品系列"座谈会上的发言

◎王充闾的散文创作已经达到了艺术的辉煌阶段，他不仅找到了比较集中的题材开发地，又能充分地运用特有的审美眼光去观照，在体物赋情时，把精练的古文融化在现代文学语言中，造成自己的诗意散文，情采与哲思并茂。不论全国的评论界，还是广大的读者群，都公认其为散文文体创造的大家。而"王充闾作品系列"的出版更对象性地确证了这种公认的无可辩驳性。

——摘自王向峰在"王充闾作品系列"座谈会上的发言

◎王充闾作品把中国古代文化、"五四"以来的新文化和新中国成立后的革命文化紧密结合，作品既有广度又有深度，具有很强的张力。

——摘自王向峰在王充闾文学研究中心成立大会上的讲话

◎王充闾的诗是以古体形式反映新生活、新局面、新思想、新情感的创成之作。在诗的题材选取上，多半不离景境，但又不止于景境，他多有情景相融的创化，多有情景相融的体验，又多有情景相融的寄托。读他的诗，我们并不感到是"旧瓶装新酒"，我自己也由此特别相信，旧体足可以在高手诗家的笔下再创辉煌，真正得到一次赫赫扬扬的凤凰涅槃！

——摘自王向峰《情景相融的诗艺创造——谈王充闾的三组诗作》

◎充闾的"人文三部曲"——《逍遥游》《文脉》《国粹》这三本书，是他这种自觉性突出的、集中的、最成功的表现。由此我们也看到，今后充闾的历史文化散文创作，不可限量，没法预期能达到什么样的一个光辉的顶点，但是可以指望会有比现在这三本书更好的作品出现。

——摘自王向峰在王充闾文学研究中心成立十周年座谈会上的讲话

◎《国粹》一书，荟萃了古典文化的丰富内容，更兼有艺术审美的生动笔法，文辞高雅，饱含诗意，尤其是对于今人比较生疏的一些古代文化问题，能深入浅出地加以化解，让人读来不觉隔生，且能得到有益有趣的艺术享受。

令人叹服的是，书名"国粹"，可是，作者并没有从国粹的一般范畴入手去展布知识格局，不是从概念出发，做定义阐释、逻辑演绎，而是运用散文笔法，钩沉蕴含国粹文化的诸般命题，以事为经，以情为纬，独辟蹊径地写出了中国传统的人文情怀、文化观念、价值选择、心灵空间和统摄诸多国粹文化范畴的精神脉络；通过一篇篇美文，侃侃而谈那些中华文化的元话语，生动形象地讲述中国所特有的"科举""和亲""隐士""诗词""楹联""姓氏""丝绸之路""徽文化""竹林七贤"以及贺兰山岩画、江南小镇等文化根脉与生命符号。我们既可以把它作为历史著作来读，也可以将其作为饱含哲学智慧的文学作品来读。此其一。其二，按照马克思在《1844 年经济学哲学手稿》中所提出的"人化的自然界"和"人同自然界的关系直接就是人同人之间的关系"，书中有专章写了人文地理、人化自然。可是，作者的着眼点却在于通过山川风物表现哲思、史眼、世态、人情。比如，他写江南名镇周庄、同里，把江南名菜"莼菜脍鲈羹"与名园退思园作为切入点，来写西晋名士张翰和晚清官员任兰生，最后落脚在中国文人的出处、仕隐、进退之类的人生道路抉择上。其三，作者惯于采用时空交错、散点透视方法。时间是历史，空间是存在，空间未变，时间在变，时间变了，空间的文化与审美存在也在变化。这种纵横交错的联想、想象，使同一景观发生了奇妙的变化。与此相关联的还有生活观念与思想观念的处置技巧，二者经常搅和在一起；不同的是，思想观念不断流动，迅速更新，而生活观念常以民俗民风形式沉淀下来，相对稳定。这些都是以艺术手法表现传统文化时需要把握的课题。

——摘自王向峰《〈国粹〉的艺术创造性》

◎王充闾先生倾半生心血著作的诗文与解读中国古代诗文成果的《充闾文集》以二十卷本、近七百万字的规模，由万卷出版公司隆重推出，其思想与艺术价值、社会与学术影响，无论是在辽宁还是在全国，都是足可称道的高端成果。

充闾先生的诗文写作虽起步于 20 世纪 50 年代，但真正进入自由自觉的顺畅期，还是从改革开放的 80 年代开始的。其创作势头如大江奔流，屡见高潮迭起，三十五年中的精求不辍，成就了一位在全国著名并产生国际影响的历史文化散文作家。

——摘自王向峰《〈充闾文集〉——精求文字著华章》

◎二十卷本的《充闾文集》，含有丰富的文化内涵。如同一个积存丰厚的藏宝家，我们进入他的库，只见一架架、一层层，华光耀眼、美不胜收的珍宝。把二十卷本的《充闾文集》摊在桌面上，在审美心理感受上与此相似。但是这二十卷书的排列顺序却有内在逻辑关系，了解此中意义，才能深知作者所著的六个系列作品的内藏价值，更能见其是学富艺高的文学大家。

——摘自王向峰《〈充闾文集〉——精求文字著华章》

◎充闾先生严格坚持以人民为中心的创作导向，潜心创作出大量充满正能量的文学作品，不仅带动了辽宁的文化发展，也用大量作品为辽宁争得了很多荣誉。可喜的是，他现在的创作势头正旺，我们足可期待他在创作上更有新的作为与贡献。

——摘自王向峰《〈充闾文集〉——精求文字著华章》

◎《文脉：我们的心灵史》正是这样以如椽的大笔，在千年的文脉流淌中，尽写中国人的心灵。千年文化一脉相承，这本书会让我们把中国优秀文化传承下去，并在新时代我们的生活中不断创新。

——摘自王向峰《千古文化一脉流》

◎充闾先生的《国粹》一书，荟萃了古典文化的丰富内容，更兼有艺术审美的生动笔法，文辞高雅，饱含诗意，尤其是对于今人比较生疏的一些古代文化问题，都能深入浅出地加以化解，让人读来不觉隔生，并能得到文化散文的艺术享受，可谓有一举数得的收获。

——摘自王向峰《透识民族的文化精神》

◎充闾先生的《逍遥游：庄子传》是一部浩繁的散文工程，充分地显示了他的传统文化素养与学术精进的专务之功，堪称他文化散文创作的巅峰之作。他书中可以称道的创造成就很多，我是感于文学写作的"放言遣词"之难，特意专注于他这本新作乘文字以自得的逍遥游，作为"取法乎上"的一种实践临范，这对于一部三十六万字的巨著，可说是"弱水三千，只取一瓢"而已。

——摘自王向峰《乘文字以自得的逍遥游》

◎王充闾的散文审美创造意识，主要体现在三个方面。

一是文体意识。可以认定，充闾是散文的文体作家，他对散文这种文学文体有非常自觉的创造追求，不论是什么题材对象，或人或事，或古或今，到他的笔下都能点化成文，在典雅的语言文字中寄托般般情味。他的散文是在理、事、情相辅相偕中得成其体，在人性的探究与文化的发扬中，显示出独有的文章格调。

二是文学意识。文学是一种审美创造，体类为语言艺术。使语言表现成为艺术，其表现者第一要创造出文化内涵，第二要有自觉的情采构制，第三要写出人的内在精神。在这三点上充闾是充分具备的。他形成了独属于自己的超白话又非文言的现代文学散文话语，三字句、四字句联翩运用，复句中有前后呼应，情充理正，诗意盎然。陆机说："石韫玉而山辉，水怀珠而川媚。"没有作者的文学素养，绝无作品的文学性。

三是工程意识。凡是属于人的自由自觉性的对象创造，并且是有成果确证的建造，都可以说是一种工程建造。但由于散文常是以单篇立式，而人们随感写来，常常是"不挨章"。充闾的散文创作较早地意识到题材的集约性，主题的涵盖性，在《人才诗话》和《沧桑无语》等集子里早见工程规模。这次的七卷本"王充闾作品系列"，不仅每本各具工程的规模态势，更有主体风格的统一制约，可以给从事散文创作的人以文体创作的诸多启示。

——摘自王向峰在"王充闾作品系列"座谈会上的发言

◎古今中外关于人才问题的诗歌很多，其中不少篇章闪现出爱惜人才、尊重人才的思想光辉。王充闾同志在古今诗词的海洋中泛舟，阐幽抉微，选出二百多首优秀诗作，分几十个题目，以马克思主义的观点进行阐释，结合社会主义四化建设的新形势论证了人才问题的诸多方面的观点。从中可以看出王充闾同志深厚的古典诗词功底，丰富的知识积累，也可以看出他的理论水平和实际工作的切身体会。"人才诗"这个概念，过去很少有人使用，也许经过王充闾同志的努力，会成为诗歌中的一个门类。这本书既是一个人才诗的精粹选本，又是一本围绕人才问题论述的杂文集。王充闾同志文风质朴厚重，典雅而不板滞，流丽而不浮华，使整个文集现出深入浅出、谨严博洽的风貌。对王充闾同志的治学态度和钻研精神，我深为赞赏。

——摘自余心言《〈人才诗话〉序言》

◎我读充闾诗词，常感卓然有古风。这令人读之爽意沁心，享受一种唯中国古典诗词才能有的韵味。我以为这是古典诗词之为古典诗词的必备素质。当然这不是今人说古话，而是今人承继了古人的审美传统与风范。这种风范神韵之构成，我难说清楚，但是，字、词、句之"原型构造"，它们之特殊组合，它们所牵连到的历史—文化—社会情状及文学传统，以及由此构成的总体神韵，所有这些，大概可算是主要构成因素。如果要我准确说出充闾诗作之"古风"来由，我想，具有这些素质，就是原因所在。读充闾诗作，就感受到读古人诗词时的那样一种审美韵味。随手抄几句，如："青山隐隐接层霄，溪啸松鸣慰寂寥。俯瞰恍疑天上坐，抬头依旧月轮高。"（《妙香山》）"为晴为雨总由之，埋首沉酣澹定时。异样丰穰同样乐：渔翁垂钓我敲诗。"（《棋盘山水库即景》）就其风姿神韵说，确足古诗风范。

充闾古诗能达此境界，最直接的原因，是他对于古诗词的烂熟于心。他不是"外在的"背诵，而是内在地以诗词话语为思维素材和"思维符码"，所以随口吟来，事是今事，景是即景，但运用的语言符码和词句皆化自古诗词。按照结构主义的说法，诗人的话语来自一个特殊的话语系统，不同于普通的话语系统，这既包括对于现代语言的运用，还包括对于古代诗歌语言的运用。充闾之古体诗，具有别人难于得到的古诗之风，原因和动力正在于此。

然而，这却不只是记忆和熟练之功，更重要的在于创造。美国著名的结构主义文评家罗伯特·肖尔斯在分析蒲普的诗作时，就指出他不仅记住了德莱登、弥尔顿和莎士比亚等诗人所使用的语词，"而且也熟知他们运用这些词的数不清的语境"，因此，他能一方面创造出自己的语境来，一方面又能在这种语境中创作出自己的语词。功夫在语境的创造，这就是语言大师索绪尔所说的"语言的历时性意义在被诗人通晓后，能够收到真正的共时性意义"，使诗人能"昔日与现在"对话，"这个历时的语境使以往瞬息即逝的诗歌措辞具有了新的生命力，重新活跃在诗人的语句中，同时使它们超越了它们自己的时代"。

我以为从这种分析中，可以看到充闾之诗的特殊的审美素质和构成这种素质的诗人的学力与才力。

——摘自彭定安《评〈鸿爪春泥〉》

◎《沧桑无语》这部散文集中的一篇篇作品，都是面对那沧桑多变的自然和历史多变的沧桑所生发的情愫、思考、感慨、体验和感受，是自然的思绪、历史的反思。然而，自然无语、历史已逝，它们都如老子所说"大音希声"地无语对苍生，所谓天何言哉、地何言哉，桃李也无言。而无语者却具有无穷尽的意义和蕴义。面对这无语的沧桑，"我"（作者）自言之："言"自然沧桑无言之言、未言之言；是言无言沧桑之所言、揭示无言之言，替天地、自然而言，"言我所知、所思、所感"。

这里，自然—历史—我，三者连为一体、和合融会。作家的"文章"，同大块文章、历史篇章一体一致。不过，大块文章、历史篇章的意义内涵，都是属于我而不与他人同的解读、诠释；而我的解读、诠释又是我对于自然、历史的意义内涵的附加、生发、提炼与升华。这使我想起泰特罗在他的《本文人类学》讲演中所说的"自然行迹"与"人文话语"之间的关系："旅行同时也是对旅行者的自我进行探索和发现的心灵历程。"旅行者对于"自然"的解读，既是一种"自然行迹"的记录，又是甚至应该说"更加是"他的"人文话语"。《沧桑无语》记录的是作家王充闾游历风景名胜地、历史遗迹处的所见所闻和所感所思，也就是他的旅行中对自然与历史的探索和发现的历程；但是，同时也是他的"自我"对自身的探索和发现。前者是游历的历程，后者是他的心灵的历程，前者是"自然行迹"，后者是"人文话语"。我们可以说，《沧桑无语》中的文章，既是作家对自然与历史的意义内涵的发现、发觉、发掘、探索，也是并更加是他对自身的发现、发觉、发掘、探索。无前者固无以言后者，但是，无后者则更加无以言后者之所言。因此，读《沧桑无语》固然是读书中对于自然、历史的解读与诠释；但更加是对于作家王充闾自身的解读与诠释。这正是一种双重阅读。而我此处此时之"读"，主要是后一种阅读，主要是对"人文话语"、对作家自身的阅读。当然，这种阅读又必须是建立在前一种阅读基础之上的。

——摘自彭定安《沧桑无语意无穷》

◎是否可以说，即使不是全部，至少也是不在少数的情况下，充闾散文的立意、旨趣、"骨"、"气"，他的描述与议论，是从反思与超越中得之。充闾于文字中和文字背后，发挥了海德格尔所说的"去蔽"，即"掀开生活的遮蔽"而显示、揭示、暗示"被遮蔽的真实与本质"。这也是他能做到海德格尔所说的"外位"地思考。而这正是"官宦生活的反思与超越"的文学实现和文学实践，由此而形成了他的优势文化"相"。

语言构造与风格方面的文化"相"，表现于王充闾散文的语言，包括词汇、句式、句子构造和语法等项，基本上是传统规范汉语的表达方式；

其格式与风格是与他的文章的整体态势与气韵相契合的，因而是得体的，艺术上是统一的。

总之，王充闾所使用的作为"思想的体现"的语言，是和他的艺术思想及一般思维契合的。而当他在近几年，汲取西方文化之精华质素以及中国现代学术与文学表述方式之后，为了表现新的思想和新的理念、命题、意象，便使他的叙述语言来了一个改革、一个发展、一个演变，而产生新的语言体现方式与语言风格。它在整体上，是以传统中国规范语言特别是具有古典规范语言，即蕴含中国古典散文（文言散文）和诗词歌赋神韵的语言范式为基础，又汲取现代的和西方的学术艺文语言范式，化而用之，从而使整个文化"相"发生变异，而成就了新的格局。这是一种艺术思维与文学风格的变化与发展。

——摘自彭定安《王充闾艺术思维和散文作品的文化"相"》

◎我曾多次说到，充闾同志每有所言，或报告，或讲演，或议论，或闲谈，皆习以为常地引用古典诗词，张口即来，纯熟精通，特别是融会于他的语言中、思维中、表述中，自然流露，成为他的语言中天然自成的部分，血肉相连，不可分割，是内在的，不是外在的。记得恩格斯曾说，如果能用外语思维，这就是掌握这门外语到家了。充闾掌握古典诗词，已经达到恩格斯所说的以其思维的程度，那些熟读的古典诗词已经是他的思维和语言的"血肉成分""思维粒子""话语词汇"。

——摘自彭定安《王充闾的艺术思维和散文作品的文化"相"》

◎王充闾先生的作品不仅在国内有广泛的影响，有广大的读者群，在国外亦有相当的影响力。其作品以高超的文化品位，博得社会的足够认可。

——摘自彭定安在王充闾作品研讨会上的发言

◎王充闾作为散文大家的诞生与家庭、时代、社会环境和交友都有重要关系。家学渊源、中国古典艺术成为他散文创作的重要基础。他的文化散文以发掘传统文化的资源、摘取西方文化的精华作为主要内涵。他用散文的形态，执行着一个民族的反思性文本，其思想蕴含丰富，应该纳入三十年中国人对传统的回顾和对未来的开辟中。他是辽宁文艺界的领军人物，他的散文，恰恰就是对于中国的历史、社会、民族、人民的生存进行了思考，这就是王充闾在中国当代文坛的意义。

——摘自彭定安在王充闾作品研讨会上的发言

◎我感到，尽管作者王充闾把自己的创作视为繁忙公务的余事，并且以这样的口吻自嘲"情知宦后诗怀减，俗吏偏思作雅人"，我还是愿意把他看作一位文学写作的斫轮老手，一位在散文写作上出手不凡和独具机杼的散文家。

——摘自冯牧《书生本色，诗人襟怀——读〈清风白水〉》

◎我在读过《清风白水》之后的第一印象和感受，是审美的欣悦，是思想感情的会心交流，是在知识见闻上颇获教益的满足，是因作品出于一位朝夕忙碌于冗杂公务的领导干部和业余作者之手而感到的意外惊奇。

——摘自冯牧《书生本色，诗人襟怀——读〈清风白水〉》

◎王充闾以人品和文品赢得了评论家们竞相在北京、上海、天津、沈阳等地的报刊上撰文评价，其中有堪称宗师的老一辈作家、评论家，有成果丰硕的评论界栋梁，也有器识不凡的评论新秀。他们的论文几乎涉及了王充闾散文创作的各个方面：文体意识、诗人襟怀、个性特征、美学追求、学识素养、感情世界、语言风格、知识结构、现代观念……对于王充闾散文的不同文体——游记、随笔、抒情散文、杂感等的艺术特质，评论家们也给予了认真的分类评析。有的评论家综合评论王充闾的几部作品集，揭示了他从义理切入感情，从外部世界深入内心世界，以"文以载道"为灵魂的创作道路和心路历程。

——摘自冯牧、郭风《王充闾散文创作论集》之编者的话

◎王充闾同志有很高的思想修养。而在他的散文作品中，他以很强的文学修养写出他的社会、人生乃至政治见解。他的作品的思想力量，是以散文家的才智加以显示的。这是他的作品颇为显著的特色之一，也是我拜读他的作品后所得的一种重要启示。充闾同志的散文作品有一种充实、饱满、凝重和严谨的素质。

——摘自郭风《自觉的文体意识》

◎我们可以看到，某些作家在某一时期写出一些好的作品后，便给人以江郎才尽之感。而充闾先生一直处于精进的状态，特别体现在艺术性、思想性与学术性的兼备上，体现在"人性烛照、灵魂滋养"的责任担承上。在我看来，从"言必有诗"的兴观群怨，到向历史深处求知，进而对生命和人生进行深入开掘和哲学思考，也是充闾先生散文创作的三种进境。

——摘自王恩来《充闾文章老更成》

◎在我看来，《文脉：我们的心灵史》不论从选题、内容和结构上看，还是从学术性、思想性和文学性上去考量，均是在《国粹》基础上的超越，是充闾先生历史文化散文创作的又一高峰。

——摘自王恩来《王充闾先生及其"人文三部曲"》

◎春天来了，迎春花开，碧桃吐蕊，柳丝摆风，人欢马嘶。在这明媚的春光里，《柳荫絮语》即将付梓，承充闾垂青，嘱我为此书作序，自知浅陋，仍欣然命笔。无他，唯愿散文这朵花，开得芬芳艳丽。

——摘自单复《观博约取，积厚薄发》

◎王充闾文学创作的巨大成就以及贡献，为我们的整个研究提供了深厚的坚实的基础，也对于当前的文学创作以及文学作品阅读起到引领作用。面对时代，包括面对我们的历史和传统，王充闾很好地担负起我们作家的职责，真正写出无愧于时代、直面社会人生的深刻的作品，我们这个社会和时代都需要。

——摘自李刚在王充闾作品研讨会上的发言

◎当代三大家散文：余秋雨——戏剧化；周国平——哲理化；王充闾——美学化。我很喜爱充闾先生那些美学散文，看得出来，作者对美学近乎一种宗教式的崇拜，把美学作为最终的追求。

王先生散文大致分为四期：1. 20 世纪 50、60 年代——《柳荫絮语》，乌托邦的特色激情，表现平凡的人物。2. 80 年代——《人才诗话》，关注人的存在、价值、意义。3. 1990—1995 年，《清风白水》《春宽梦窄》，语言潇洒、雅致、诗化、富有美感。4. 90 年代后期，《沧浪之水》《面对历史的苍茫》《沧桑无语》，哲理、思辨、深刻。

充闾先生写作特点十分鲜明，摘要说明——

一、在叙述上，善于讲故事（在当代散文家中讲故事，竟令人感动得掉泪）；揽天地、山水于散文之中；写历史散文，时空交错——通过合理想象、大胆猜测；自由联想——意识流的方法（梦幻手法）。

二、充闾先生具有诗人气质——非功利性、美学化；梦幻情结，直觉思维；落花无语，大美无言。善于把诗意与思辨结合起来，景与情、情与理结合起来。

三、着意于意象的营造。豁达、超然与幽默，体现生命的智慧，体现了对生命个体和历史的自觉。亦幻亦真，消解真假的界限（写陆游访沈园）。

四、善于提出问题，对生命意义的无穷追问，对宇宙人生的终极意义的追问，具有诗美与哲学气质。在一定程度上，提问高于回答。

五、善于借助空间写时间，依托地域写历史。提供了一个新的视界、新的话语方式。

六、善于追忆，诗意的，美好的，感伤的。忆及充满憧憬、幻想和天真乐趣的孩提时代，不乏理性的投影。运用写作者的我与孩提的我的双重视角，看到心灵的栖息地。

七、以个性独立为记忆方式。在回忆中捕捉往日的信息，用回忆来沟通过去与现在，比较自由地舒展性灵。忘情于文化价值观的思考和对人生哲学精神家园的探寻。清醒的现代理性同强烈的追求，产生孤独，唯有精神家园可以安慰孤独。渴望生命力的张扬，是一种真正的人格自塑，显露出人格本体。

八、人过中年的怀抱，以独特的视角出之，当然，已不是天真烂漫、少不更事的眼光，而是饱经忧患、经过中西文化洗礼的眼光了，是审视的眼光，扬弃的情怀。既有深长的韵味，又有感情的交流。

——摘自颜翔林在"王充闾作品系列"研讨会上的发言

◎历史散文的步履在进入 21 世纪之后似乎呈现出蹒跚不前、缺失自我创新的生命张力的状态。其原因之一，就是文体意识的遮蔽和主体间性的缺席。然而，令我们欣慰的是，散文作家王充闾以其对于历史散文审美乌托邦般的沉醉和对文学话语形式的刻意探寻，产生了对于历史散文写作活动独到的审美理解和文体领悟。

——摘自颜翔林《文体意识和主体间性》

◎源于一种不间断的渴求自我超越和自我否定的创作张力，以及王充闾对于散文写作的审美乌托邦式的迷恋，也由于独特的文体意识和主体间性的领悟及富于想象力的叙事技巧、圆融的话语修辞，使作者的散文创作不断产生新的气象和获得不同凡响的审美魅力，王充闾成为中国当代散文的大家，越来越受到广大读者和评论家的青睐和认同。

——摘自颜翔林《文体意识和主体间性》

◎而立之年初读充闾先生的散文，可谓一见倾心，好似久居都市、身陷红尘的出行客，突然间面对青山碧水，听泉声鸟鸣，闻见青草花香，别有一番滋味在心头。人世如烟，转眼将近廿年，恍惚间已近知天命之年，两鬓如盐。其间，充闾先生的散文一直相伴至今，成为生命存在的一部分。

——摘自颜翔林《美学的独行者》

◎充闾先生的散文，是美学的散文，洗净铅华后天然无雕的唯美，取自天籁的自然之音，空间林地的一抹夕阳，飘逸在山谷里的无言月色，融合着兰花的淡雅芳香。心会这样的散文，如饮一杯醇茶，平淡之后余香满口，洗却心尘。充闾先生的散文，有如一泓清泉，一潭池水，飞流与宁静，映照历史的烽烟，反射生命的热烈和苍凉。没有个别散文作家的知识炫耀和令人厌倦的身份立场，没有当今流俗知识分子的启蒙和救赎的虚假神话，当然，也没有自恋不已的庸俗习气。充闾先生的散文，有童心回归华发的本真，以平等对话的方式探询历史与现实的玄机，淡然的幽默代替情绪化的愤世嫉俗，春秋笔法的叙事准则，写历史人物和事件的曲折凄婉，恢复我们中断久远的对于历史的恋情，呼唤文学回归对历史的直觉。

——摘自颜翔林《美学的独行者》

◎充闾先生是审美的独行者，美学的独行者，美学散文的独行者。凭借自己对于自然的独特直觉与体验，充闾先生有着穿透历史的奇异想象力，以想象激活历史，以自然万象隐喻历史的苍茫和人事的诡秘。充闾先生的独到之处在于，他具有一般散文作家所缺乏的对于大自然的超常敏锐，童年时代身处东北荒原，使得他成为自然之子，造就了其对于大自然的沉迷与酷爱。

——摘自颜翔林《美学的独行者》

◎充闾先生的散文，尤其是近年来的大部分散文，属于臻于完美的散文，是美学化的散文。其人生也是美学化的人生。作为充闾先生散文的沉醉者和珍藏者，作为他的忘年交，真诚祝福他在审美和诗意的散文旅途上越走越好，快乐地享受生命的福慧双全。

——摘自颜翔林《美学的独行者》

◎王充闾历史文化散文的写作被关注和评论是一个值得庆幸的事件。多年沉醉散文世界的作家终于被众多批评家和读者所认同和喜爱，这是一个有意味的象征，说明文学还顽强地坚守着自己的领域，理论批评界和读者都共同关注那些寂寞的审美边缘和孤独的文学世界。王充闾的写作历程证明，创作主体是一个为散文写作而存在的生命个体，美学与历史对话是他数十年书写生涯的不懈渴求。

——摘自颜翔林《评王充闾的历史文化散文》

◎是否可以这样说，正是这种清醒自觉的角色分离与转换，以及精神意义上的儒道互补，使得生活中的王充闾始终保持着一种超脱和恬淡的心态，一种既可"入乎其内"又可"出乎其外"的自由精神，同时也使王充闾的散文和诗词创作一向拥有纯正的审美品格，当然也更接近艺术的应然之境。如果这样的理解并无不妥，那么，这庶几是王充闾对现代文学史和文化史的又一特殊贡献。

——摘自古耜《王充闾的意义》

◎王充闾一向主张用散文激活历史，同时用历史滋养散文，并由此实现历史意识与当代精神的对话和衔接。

——摘自古耜《王充闾的意义》

◎王充闾的散文作为一个完整的系统，其继承与创新相结合的特征，当然不可能仅仅体现在思想文化和精神意脉方面，除此之外，它还渗透于从文本构思到审美表达的全过程，几乎堪称一种无所不在的艺术原色。

——摘自古耜《这是一条古河，却又是新的》

◎将王充闾的散文创作置于文学历史的发展过程之中，从思想含量、文化价值、文学意义、主体特征四个方面展开梳理、归纳和阐释，就中凸现其历史与美学的特殊贡献。

——摘自古耜《为历史增添精神重量与文化资源》

◎相比之下，《充闾文集》展现出另一种语言气象。作家凭借自身特有的新旧合璧的汉语功力，熔文言、白话、书面、口语于一炉，写出了一系列质文俱佳的篇章，从而为今天的散文语言建构提供了可资借鉴的范式。王充闾的笔下，有旧词新用，也有文言活用；有对现代小品语言的借用，也有对古代传奇唱词的活用；古意充盈，又饱含着现代人的生活情趣；叙述句式灵活，长短搭配，自然流畅。所有这些，融为一体，打通了汉语的血脉，魅力无穷。而这正是《充闾文集》对当代散文的又一贡献。

——摘自古耜《激活传统风韵 谱写时代弦歌——读〈充闾文集〉》

◎这本书（《走向文学的辉煌——王充闾创作研究》）的意义不仅在于辽宁，对于整个散文研究，都有积极意义。造成我们当代散文批评薄弱的原因之一，就是世界性散文理论的贫困。究竟应该怎样对散文的创作进行理论的、学术的研究，这方面的著作，应该说还不多，也就是充闾主席这里有这么几本。所以说，这部著作的出版，对于当代中国整个的散文研究，都有重要意义。充闾先生的作品，在创作实践来看，应该说是一个成功的个案。

——摘自古耜在王充闾创作研究座谈会上的发言

◎《国粹》是诗意盎然、情采飞扬的一部文化史、传统史，但更是深思熟虑、自成一家的心灵史、精神史。它所传递的不单单是文学家的历史意识，同时还有以《左传》《史记》为开端的文史合一的写作方式。

——摘自古耜《中国文化自信的日常智慧》

◎《逍遥游：庄子传》的结构形态独具匠心，别有追求，体现了传记写作的新变化与新趋势。在常见的传记作品中，结构形态一般与传主的生命进程保持着一致性，即按照大体的自然时间（不排除使用必要的心理时间）展开线性叙事，以表现传主的人生轨迹。然而，《逍遥游：庄子传》不是这样。它的结构形态呈现出一种折扇状——以最能体现庄子精神个性的"逍遥游"境界为原点，让笔墨向传主不同的思想和人生侧面辐射，直至扩展到其精神和观点的接受、传播与二度创作等，从而像打开一柄折扇一样，展示传主的生命图谱。毫无疑问，作家选择这种同类作品中少见的结构方式，是包含了从传主实际情况出发、量体裁衣、随物赋形之最初思考的——相对于因果相连、环环相扣的线性结构，富有弹性和张力的扇形结构，显然更适合表现庄子那早已漫漶不清的历史身影。这样的结构形态，实际上正好昭示了国内传记写作的新变化，这就是：传主的精神世界和内心生活更多由幕后走向前台；传记作家描写传主的艺术重心，亦逐渐由讲述经历变为揭示心史。而促成传记创作如此转型自有深广的国际背景。这里有现代心理学发展对传记文学产生的巨大影响，也有 20 世纪以来，弗吉尼亚·伍尔夫等作家倡导"新传记"所形成的有力推动。从这一意义讲，《逍遥游：庄子传》所做的结构形态的探索与拓展，也是对世界传记文学潮流的一种积极回应。

——摘自古耜《千秋神会 异代知音》

◎《逍遥游：庄子传》的表现手法领异标新，跨踔高蹈，为传记写作提供了新的范式与新的可能。在很长一段时间里，传记作品常常被划入散文一类。其原因则在于它的表现手法和散文有着大体的一致性，即均以叙事、描写为主，间或有一点抒情和议论。而在这一维度上，《逍遥游：庄子传》明显不同，它虽然依旧使用散文笔法，也依旧眷恋散文式的叙事和描写，但字里行间分明多了随笔所擅长的知性和理性。这种知性和理性又远离了论文式的沉滞、生硬与呆板，而是坚持从明确的思想认识和清晰的逻辑关系出发，以严谨缜密而又不失清通畅达，同时又浸入了作家感觉、智慧和性情的语言——当然也包括那些优美、灵动、传神的关于《庄子》的古文今译——来编织具有学术价值的庄子世界。在某些时候，作家甚至会像庄子那样，讲究寓哲思于诗性，化思考为形象。我们读《逍遥游：庄子传》中《故事大王》《拉圣人做"演员"》《传道授徒》等章，就会觉得作家仿佛是在以庄子的手法写庄子，因而平添了作品的表现力与可读性。

——摘自古耜《千秋神会 异代知音》

◎久闻其名，不知其味。当我从头至尾一字不漏读完这部作品时，竟乐而忘忧、相识恨晚，"不图为乐之至于斯也"。

这是用一块块结结实实的砖头砌造的艺术之宫，严丝合缝，几乎在标点和虚词里找不出一点瑕疵。艺术之宫，笼罩着浓郁的诗情，造成王充闾独有的意境和韵致。

感物有灵，立意高雅，触类旁通，文笔纤细，句法凝练，诗意盎然，暗香浮动，温馨感人，绵密、厚重、有余味。

句句拈髭断须，篇篇凝神竭虑。

读来并不轻松。非饱经世俗、具备一定的审美能力者不能悟其妙，寻得审美的满足。

——摘自阎纲《诗人型，也是学者型》

◎作为中国传统文化的重要组成部分，儒家的人生理想是深刻而复杂的。概而言之，就是通过自我修养，达到自我完善与自我完成，从而使人生成为有价值的存在，使人成为真正意义上的人。这是一种积极的入世精神，是对生命意义的充分肯定。王充闾及其散文的人生追求核心，即在于这种不懈的追求不仅形成了文学价值，而且具有文化价值；不仅具有认识意义，而且具有审美意义。或许，这正是他的散文在当代文坛越来越为人们所重视的一个重要原因吧。

——摘自石杰《儒家人生理想的自觉追求》

◎王充闾散文中蕴含着深刻的生态思想，其内涵主要表现在四个方面：其一，自然界是一个具有自我生存、自我发展能力的动态平衡系统；其二，人是自然的产儿，与万物平等、共生；其三，贪欲是破坏生态平衡的罪魁祸首，人应简单生活，回归自然；其四，科技的发展导致了生态平衡的毁坏，人应增强理性，重塑文明。这种生态思想既源于他对工业社会中人与自然的关系失衡现象的关注，也取决于他深厚的中西文化学养。

——摘自石杰《王充闾散文中的生态思想内涵》

◎王充闾的历史散文的文史含量着实令人吃惊，作家胸中若无几百本书的阅读积累，无论如何是写不出的。

——摘自李洁非《王充闾历史文化散文》

◎我是王充闾的书迷。作为一位出版人，我希望多出版一些可以真正带给读者以文学欣赏和文学享受的作品，但是，现实情况是，可以找到高深的思想，却很难找到一种好的传达形式。出版人想给读者一种传达，一种观念，因此，作品需要具有可读性。在这一方面，王充闾做得非常好，他的散文，思想性和表达形式都能引人入胜，从国内出版市场和图书市场来说，出版人需要多些这样的作品。

——摘自沈昌文在王充闾作品研讨会上的发言

◎王充闾看上去走的是传统文人的路子。传统文人的路子就是士与仕相结合，虽然有入世和出世之分，其实出世背后的台词还是入世。而历代有成就的文学家大多数都是参政的领导，有的还是担当国家重任的大领导。像这些古代的文学大家，他们匡世济民的政治抱负是深化他们文学境界的重要因素。他们同时也把文人的"道统"带入帝王的势统之中，才使得中国历史长河中保持着一道清流。王充闾受到文化传统的熏陶，他也乐于向先贤们看齐，所以他写诗道："情知宦后诗怀减，俗吏偏思诵雅音。"所以，我特别希望在当代政坛里出现更多的王充闾，我希望那些领导们都向王充闾学习。

但是，这样来谈王充闾是不够的，因为王充闾不是传统文人，他是一名现代知识分子，他的散文体现出鲜明的现代性和现代意识。

——摘自贺绍俊在"王充闾作品系列"座谈会上的发言

◎王充闾的《诗外文章》是一部鉴赏、品读中国古代诗词的散文著作。作者从先秦写至近代，带领读者遨游于两千余年的诗词长河之中，领略古典诗词的哲思意蕴。这是作者长年研习古典诗词和传统文化的结晶。——我希望王充闾的《诗外文章》能起到匡正文风的作用。

——摘自贺绍俊《"审理"式的诗词鉴赏》

◎王充闾也不可能终结庄子的研究活动，相信这样的研究活动还会继续。但是，就我有限的阅读来看，《逍遥游：庄子传》应该是现今研究庄子的最全面、丰盈、深厚、生动的文学成果，对于现实的社会和读者从庄子那里吸收智慧和经验，必会有很多帮助。对于某些泛泛地、随意地解读庄子的浮浅文化现象，也会是个有力的纠正。

——摘自贺绍俊《逍遥游拟学蒙庄》

◎王充闾的旧体诗词也颇见功力，诗词界的评论是：他诗词兼擅，古、律、绝俱工，显示出他的深厚的古典文学素养。如今写作旧体诗词，难不在合格入律，而难在动用旧有的形式完美地表现当代的社会生活和今人的思想感情。王充闾的诗词值得赞赏的正是在这个方面。

——摘自刘文艳《宦况诗怀一样清》

◎王充闾把长期积累的广博知识用于散文创作，使其散文熔智慧、学识、情趣于一炉，散发着一种浓郁的书卷气，蕴含着古今皆可通感、皆可体味的文化旨趣、美学追求和知识风貌。一位美学家指出："他的散文创作，不论从篇章到总体，都已经实现了文体审美的化境创造。"

——摘自刘文艳《宦况诗怀一样清》

◎充闾先生的文化散文，执意追求一种苦涩之美。在苦涩的意境中表现对象之苦，提炼出独特的苦涩的标志性特征，开掘苦之源，即历史人物的生存苦难、灵魂煎熬和精神困惑。

深刻的作品必定带有人生的苦涩，苦涩更容易唤起读者的共鸣。充闾散文的苦涩美是从种种苦事中体验人生之苦、创作之苦的乐趣，实际上是超越苦涩的审美追求。苦涩成为知识分子创作的源泉，这种人生观和美学观使他体味苦、尊重苦、敬畏苦、书写苦，使读者从陌生化中看到更高层次的熟悉。

——摘自吴玉杰在"王充闾作品系列"研讨会上的发言

◎王充闾的文史随笔坚守着和历史文化散文一脉相承的哲学思维，这是他在散文创作领域保持深度与高度的话语密码。而文史随笔在哲学思维下以哲学视角关注当下，是王充闾扩展文体空间和张扬文本空间的成功实践。王充闾以历史文化散文奠定他在中国当代散文界的地位。

——摘自吴玉杰《文史随笔的哲思妙悟》

◎王充闾历史文化散文是用游记体写成的，它作为一种个性化的文本存在，有着独特的审美意蕴。

——摘自吴玉杰《论王充闾历史文化散文的审美超越》

◎王充闾写历史文化散文，探索内在超越之路，这不仅是一种精神超越，一种自由超越，也是一种生命的超越。

——摘自吴玉杰《论王充闾历史文化散文的审美超越》

◎用游记体写历史文化散文，具有一定的创作难度，不仅有一个时空超越问题，还有题材和体式问题。游记体大多是即兴的东西，缺乏沉潜涵泳，而历史文化散文正要求有一番沉潜涵泳功夫。王充闾有相当丰富的学术涵养，他在某种程度上较好地处理了题材和体式之间的这种矛盾。他超越时空的精神追求，超越物象的自由意识，超越文本的生命承诺，使他的历史文化散文获得了一种超越意蕴的独特的审美意义。

——摘自吴玉杰《论王充闾历史文化散文的审美超越》

◎王充闾随笔以鲜明的个性神情，像拂面的清风，给人以清新、自然之感，笔调有了平实、轻松、亲切的味道。

——摘自吴玉杰《王充闾随笔赏评》

◎营口对文化的尊重已形成传统，并得到了传承，王充闾先生的文学地位和影响是不可低估的，辽宁省作协作为为作家服务的机构，要以王充闾先生为旗帜，寻找广大作家的努力方向。

——摘自王秀杰在王充闾文学研究中心成立大会上的讲话

◎相信这部对两千三百多年前的先哲庄子及其著作《庄子》有至深领悟的《逍遥游：庄子传》，定会在治庄史册中大放异彩，给中华儿女以久远的影响，它不仅能给我们当代人以深深的教益，还会缋以千秋万代。

——摘自王秀杰《为庄子寻找故园》

◎充闾先生的散文突出体现了学者散文的特色：以智者的眼光捕捉生活图景，荟萃古今知识，以典故、逸事、奇文增添作品的审美情趣。写法上，真诚朴素又不乏情趣，在清风白水般的澄明里，表现自己的生命情调，以达到超拔的审美境界。……先生让人钦佩之处还在于：繁杂的日常工作竟丝毫没有磨钝艺术感觉，能够在繁忙中给自己腾出一块静心思考、超越现实的心灵天地，进入审美心理的自由状态，保持艺术创作的生命张力。

在心灵的天平上，每个人都有自己的砝码。作为领导，充闾先生以宣传工作为己任，然而，还能给自己留一块思维的空间，时时享受独处和静心思考的快乐，追求艺术创作的神性和意趣，这是极令我钦佩的。应该说，人的一生做好一件事已经不易，而要做好两件有差别的事，又都做得出色，这实在需要超凡的努力。当然，这成功的背后记录的一定是一部动人的智者奋斗的心史。

——摘自李晓虹《学者之文》

◎读王充闾的作品，会强烈地感受到中国传统艺术精神像一条充满生命力的潜流，涌动于作品中。

——摘自李晓虹《评王充闾散文中的传统艺术精神》

◎读王充闾的散文，一个突出的感觉是中国古典诗词的名句妙语如春风扑面，你在和作者一起读现实的景、看现代的事，而在你随作者展开艺术的遐想时，便会感到中国古诗文的清词丽句纷至沓来，形成一个丰满的有厚度的世界。

——摘自李晓虹《评王充闾散文中的传统艺术精神》

◎王充闾对中国传统艺术精神的吸纳不仅表现在他融古今知识于一体，使作品显示了较大的知识含量和艺术张力，同时，也表现在他对艺术境界的自觉追求上。

——摘自李晓虹的《评王充闾散文中的传统艺术精神》

◎关于充闾作品系列，我这次着重研究了比较特殊的一部分，即《一夜芳邻》中的前十三篇，都是域外题材。这些特殊题材具有特殊意义的作品，是作者创作历史文化散文以外文化目光情趣的拓展，说明他的目光已经向域外延展，有些篇章可作为比较文化的研究。这些文本不同寻常，是经得起细分析的。从叙述者到被叙述者，存在一系列二元意向，东方与西方、男人与女人、当代与 18 世纪、封闭与开放、生者与逝者、不幸与幸运、生前寂寞与死后不朽，这些不是一般的域外情思，充满了对文学创作与人生矛盾的思考，是全球化时代人与文化的预言，作者、叙述者、被叙述者多元地存在着。这十三篇散文是本土文化的移情想象与散文品格的成功融合，最可贵的是字里行间具有的平和心态，从而使他的散文富于中国的品格和格调。他的这些散文通过多维视野和世界文学架起了桥梁。

——摘自高海涛在"王充闾作品系列"研讨会上的发言

◎王充闾先生面对历史的苍茫，他选择与那些历史深处远去的生命对话，用自己的心灵去丈量、去体察、去叩问，去照亮幽暗的历史和诡谲的命运。无论是江南首富沈万三，还是唐代诗人李太白、清代学者陈梦雷，抑或是一代名臣李鸿章和曾国藩，王充闾先生都为他们绘制了一幅幅详尽的人格图谱。从自我生命体出发，去抵达另一个生命，以自己对生命和世界的感知，去探究历史人物的文化背景、性格、遭际、命运，以及他们命运遭际的偶然与必然，进而揭示宇宙人生的奥秘。这是王充闾先生走进历史的方式，也是他呈现给我们的别样风景。

皇帝，作为历史活动中的特殊人群，"由于他们至高无上的社会地位，予取予夺的政治威权，特别是血火交迸、激烈争夺的严酷环境——那个'犹如火宅，众苦充满，甚为怖畏'的龙墩宝座，往往造成灵魂扭曲、性格变态、心理畸形，时刻面临着祸福无常、命运多舛的悲惨结局。这就更会引起人们的加倍关注"。王充闾先生这本《龙墩上的悖论——中国皇帝命运大思考》，将目光投向那些湮没在历史尘埃中的封建帝王，以自己心灵的力量让他们恢复血肉之躯，重新演绎他们悲欣交加的人生。

王充闾先生的散文是感性的、审美的，更是理性的、哲学的，"悖论"二字是该书对中国皇帝命运，也是对历史和现实的终极阐释。而这所有的一切，都是被创作主体的心灵之光所照亮的。

——摘自韩春燕《散文集〈龙墩上的悖论〉赏评》

◎在王充闾先生的散文中，大量的诗歌被用来佐证观点，发表意见，抒发情感，而这些诗歌，有的是引用别人的作品，有的是作者自己的创作。

不仅仅是诗歌，在王充闾先生的这部散文集中，我们常常可以看到被植入的各种文学性文本：《汉高祖还乡》中的元曲《哨遍·高祖还乡》；《赵匡胤下棋》中的民间故事《赵匡胤输华山》；《从无字碑说起》中的京戏《贺后骂殿》；《天骄无奈死神何》中的武侠小说《射雕英雄传》；《圣朝设考选奴才》中的经典名著《儒林外史》和《聊斋志异》……

可以说，王充闾先生笔下的人物不仅仅是属于历史的，更是属于中国文学艺术的，他们活在中国文学艺术之中，对他们的千秋评价是文学的、艺术的、审美的，而这种审美的评价将比历史本身的评价更真实，更恒久，更深入人心。

对历史的解读，必有主体的积极参与，而主体飞扬的生命神采，灵妙的体悟思量，一定会发现历史深处的秘密。

——摘自韩春燕《散文集〈龙墩上的悖论〉赏评》

◎王充闾把他童年的家庭悲剧、艰辛的文学道路、多年的仕途经历，以及身患重病的刺激等生命体验，融入他的散文作品中，具体表现为多种生命体验——童年情感体验：乡情体验、亲情体验、命运体验；文人情感体验：文人与仕途的矛盾体验、文人对爱情的体验、文人对孤独的体验、文人对疾病与命运的体验；政治家情感体验：建功立业与明哲保身二律悖反的矛盾体验。这些文章中的人物，都是作者在用生命进行体验与交流，在和古人进行心灵的碰撞与对话，从而感悟到人生、人性、命运。也正是由于这种生命体验，使作者产生了悲天悯人的情怀，使作品的主题达到了现实和永恒的统一。

——摘自李泽淳在"王充闾作品系列"研讨会上的发言

◎拜读《逍遥游：庄子传》全书之后，首先令我感动的是作者充满激情、倾注全部心血乃至投入整个生命去写作庄传的态度和精神。作者自述，幼时即开始读《庄子》，所谓"自束发受书，展卷初读"是也；直到接受"中国历史文化名人传"丛书编委会的安排，撰写庄子文学传记，已经过去了半个多世纪。在漫长的数十年间，作者读庄、识庄、解庄、爱庄、崇庄，向往成为以庄书为"善药"疗疾的名士，"充满了感情，倾注了心血"，当受命作庄传后，更是"重新把卷研习，心推手记"，对于庄书的章节字句、义理辞采，特别是关于庄子其人其事，进行了认真的"考究"。他"日夕寝馈其中"，"心无旁骛，亦未敢稍有懈怠"，终于完成了洋洋乎三十六万言的"逍遥"一书，从而将浓浓的庄子情结与读庄的心得面对世人做了"一次系统的总结和综合性的汇报"。

——摘自黄留珠《一部极具个性特点的上乘之作》

◎有幸的是，在《逍遥游》一书正式出版前，有机会读到作者的手稿，至今我还十分清楚地记得那初读后深表赞叹的心情。当时我自信满满地认为，这是一部大手笔的作品，其水平远在其他已面世的庄传之上。应"中国历史文化名人传"丛书编委会之约，我曾为《逍遥游》写了一段简短的评语："作者以全新的视角、生动优美的语言，为世人展现出一个有血有肉、生活于两千多年前的庄子，使我们有幸在今天还能如此拉近同这位文化巨人的距离，了解他的成长历程、思想轨迹和性格特点，了解他的重大贡献与巨大影响。这是一部极具个性特点的上乘之作。"

——摘自黄留珠《一部极具个性特点的上乘之作》

◎王充闾是一位勤奋的作者，他的创作都是在繁忙的公务之后，在极少的业余时间里，或者可以说是休息和睡眠的时间挤出来的。他有一首《自嘲》诗谦虚地讲："情知宦后诗怀减，俗吏偏思作雅人。"

——摘自谢冕《散文文体的个人风貌》

◎王充闾在散文创作方面的贡献，是把平日思考与读书心得结合起来，把知识的积累与实际运用引入各种体式的散文中，而使这些散文展现出浑厚的文化氛围。

——摘自谢冕《散文文体的个人风貌》

◎文学创作必须要体现哲学家的辩证思维、史学家的唯物史观、思想家的深邃思考、文学家的手笔功力。写历史、写人物，需要学习历史、尊重历史、不苛求历史，王充闾的唯物史观和历史学养，很值得大家学习。

——摘自朱庆昌在王充闾作品研讨会上的发言

◎品读充闾先生《诗外文章——文学、历史、哲学的对话》时，我蓦然联想起他的《古代哲理诗注析》《向古诗学哲理》这一系列书卷的出版。充闾先生花费了十五年的心血，在浩如烟海的古诗长河中披沙拣金，遴选、积累了兼具形象鲜明、意境优美、情感动人、哲思理趣的古诗代表作近五百首，并融入自己对历史与现实、人生与世事的卓识洞见。从中可以看出充闾先生的步步深入、节节升高、不断超越的艰苦治学历程。记得海明威说过："优于别人，并不高贵，真正的高贵应该是优于过去的自己。"充闾先生的这一系列书的出版，就在于不断地前行，不停地超越自己，不仅让自己变得更高贵，而且让作品更出色。

——摘自王丽文《最可贵的在于超越自己》

◎读了散文《留下一片绿荫》，觉得和充闾先生的大部分作品都不一样，取材非常具有当下性，而且很像人物特写。以一座雕像的诞生为叙述起点，以一个现实人物为叙述中心，情感充沛，加之亲历感、现场感，是颇见功力的。从互文性而言，让我想起了杨朔的《雪浪花》，不同的是淡化了意识形态性，自然地彰显了文化情怀。在中国当代散文史上，我觉得杨朔的贡献是特殊而巨大的，文坛后来对他的贬低排斥是不公正的，也是短视的。杨朔至少有两点值得当今散文借鉴，一是理想精神，二是包括虚构在内的叙事力量。这两点，我觉得正是当今散文所缺乏的。充闾先生在这方面同样做出了贡献。

——高海涛《谈〈留下一片绿荫〉》

◎王充闾的散文创作不仅打通了科学和文学的界限，而且打通了文学、史学和哲学的界限，由此加深了他散文创作的情感浓度、思想深度和知识密度。

——摘自王香宁《王充闾散文的情智识》

◎王充闾是我国当代著名的散文家，他创作的历史文化散文在当代散文界占有重要地位，同时他还创作了大量的生活散文和游记散文。他高扬散文创作诗性、历史和哲思三者融一的创作理念，这就使其散文文本构成具有了感人之情、启人之智、益人之识。

——摘自王香宁《王充闾散文的情智识》

◎他（王充闾）的代表作"人文三部曲"——《逍遥游：庄子传》《国粹：人文传承书》《文脉：我们的心灵史》风靡文苑，成为无数作家、读者仰之、追之、慕之的艺术精品。

——摘自张冰《中国当代文学巨匠王充闾》

◎王充闾先生的作品以其丰硕的成果、突出的贡献、厚重的积淀、特有的风格，树立了一面旗帜，筑起了一座新的里程碑。

——摘自张冰《中国当代文学巨匠王充闾》

◎王充闾先生的作品，历史知识的含量超出人们的想象。可以说，读充闾先生的作品是获得历史知识的最佳捷径。

——摘自张冰《关于王充闾先生及其作品的学术报告》

◎王充闾先生的代表作品《国粹：人文传承书》被评为 2017 年全国好书，现已发行近二十万册。我在这里不夸张地说："如果你读了《国粹》，身价会提高三倍。"

——摘自张冰《关于王充闾先生及其作品的学术报告》

◎王充闾先生写《逍遥游：庄子传》用了将近一年时间，收集、披阅、研究古往今来有代表性的关于庄子的学术著作，充分吸收、借鉴时贤往哲的研究成果。1997 年、2005 年、2012 年，十五年间，三次前往河南、山东、安徽有关地区，围绕着传主及有关人物足迹所至，进行实地访察，阅览方志，组织座谈，一以搜索第一手素材、资料、实证及乡里轶闻、民间传说，一以广泛听取草根阶层对于庄子及庄学研究的看法、意见，注重现场和民间的取向。在此基础上，精心组织素材、深入构思；以写实手法，全面展现传主的生命历程、思想轨迹、性格特点，阐明传主哲学、文学方面的成就及其在国内外的深远影响。本书以全新的视角、生动优美的语言，为读者展现出一个有血有肉、生活于两千多年前的庄老夫子。作品一经面世，即获得学界的普遍赞扬。知名学者评价：这是一部集大成的代表作，作者过去三十几年的成果全都可以略过，只要有这一部就可以垂之久远了。

——摘自张冰《中国当代文学巨匠王充闾》

◎近日读到王充闾先生写南宋词人朱淑真的佳作《一次虚拟的叩访》，不禁拍案叫绝：写得真好！没有深厚的古文根底是写不出这类文章的。构思、题材独特，创意技巧新颖，我读之思绪翩翩，脑海即呈现天上人间一幅灵魂对话图。尽管我的散文与小说里也常常不由自主地运用虚拟创作方法，如散文中有与林黛玉的对话，长篇小说主人公与歌德的对话，均为写作情感或人物命运（情节）的需求。不像充闾先生这么全面、透彻、深入地研究和表述。我年轻时就很喜欢"凄美"的诗词（如李清照、朱淑真、南唐李后主、纳兰性德等的作品）。应该说，早期出于本性多愁善感且敏感，中年后则与人生经历有关。当下异乡的书架上，只有两本关于朱淑真的书，一是《断肠集》，二是台湾学者对她的研究。

读了这篇美文，深切感受有三。一是千年如乍过的昨日，一切都在变化，唯人性与其七情六欲不变。今人遇到的人与事，过去有之，现在与未来仍然有之。二是关于学者文士的名气、声誉或作品命运，依然与愿被"御用"或特立独行、我歌我泣相系，社会和人生从来都没有公平过。三是性别问题——对女性才华、能力等认同的不公，也在我的散文《筑构女性文学的大厦》中有所论列。当然，还有认命驯服的女子助异性之威，灭同性为乐，就更是可悯可憎了。唉！像朱淑真那样，将诗文一火焚之，窃以为是更大的不幸也。

总而言之，太阳底下无新鲜事！古今最大的区别，应是今日城市的高楼大厦、五彩缤纷的广告、密集喧闹紧张的生存环境、消费的方式方法以及被逐步异化的人性，像恐慌麻木而没有感觉的牛群被赶入窄巷，不知所措地拼命地奔跑，奔跑。人与自然和谐美好的相处相融、互助互爱，已化为你死我活、对立博弈的状态。叹惋同情不再，代之而起的是浮躁、冷漠、怨恨。而像这类以同情心奋生花笔、抒浩荡情的美好诗文，世不多见；大约只在时空、不在人间。思之泪汪汪矣，夫复奈何？

——摘自林湄《〈一次虚拟的叩访〉读后》

◎王充闾的创作道路便是一个继承传统、改善传统和发展传统以及与人民同忧乐的过程。他的贡献在于在本民族的土地上，把人生的思考诗歌化，把《文脉》哲理化。他的情感与思想水乳交融，并发射出独特的光芒。这是我们传统的精华，王充闾接过了它，并以不老的创作精神——社会的责任感和历史的使命感，在复杂文坛耸起一座令人瞩目的纪念碑。我想，这就是王充闾和他的《文脉》存在的全部意义。

——摘自李秀文《思想深邃 高洁清雅》

◎充闾先生毕生手不释卷，博览群书，学贯中西，堪称是博学鸿儒。一部《逍遥游：庄子传》便是明证，没有对古今中外文史哲的广泛涉猎、认真研读，没有长年累月、年复一年的血汗付出，没有深切的体察和透辟的洞见，是断然写不出这部巨著的。

——摘自原学玉《文苑高风励后昆》

◎宁静致远，厚德载物。充闾先生为仕期间，出版的书著屈指可数，卸任之后，却如决了堤的江水，奔腾咆哮，一泻千里。无论是质量还是数量，都创造了奇迹。各出版社争相出版他的书著，共出版散文集、诗词集五十部，研究王充闾的专著就高达六部。他的散文，风格独特，底蕴厚重，诗文相济，意境氤氲，情味、意味、韵味、兴味浑然天成，开创了散文新天地，成为中国当代数一数二的散文大家。

——摘自高作智《幽兰贵独芳》

◎王充闾是中国文化的一面旗帜。"人文三部曲"以诗性智慧审视传统文化，从人性角度揭示历史发展的内在规律。"历史通心""诗性人生"的主张闪烁着庄子思想的光辉。张扬个性、超越理性、回归人性是"人文三部曲"最基本、最生动的审美历程。

——摘自朱彦《超越与回归》

◎（王充闾）"人文三部曲"用诗性诠释人性，用人性呼唤生命，人性回归是王充闾审美体验的第三次超越。三次超越的过程是从个性到理性、从理性到人性的回归过程，它帮助我们寻找自我，寻找生命，寻找安顿精神的家园。

——摘自朱彦《超越与回归》

◎总沉在诗里、泡在诗里、渍在诗里，久了，也生发厌恶。这当儿，我就到散文家串门。我常去的散文家有：朱自清、徐志摩、鲁迅、杨朔、秦牧、贾平凹。近年，又加上王充闾。

——摘自阿红《用心灵酿制的散文艺术》

◎成熟的有风格的作家的作品，才能有味。充闾的散文，我读着，品着，我想说，他的艺术风格是劲健、婉畅，还具有某种思辨美。充闾说："人生不能没有理想、追求和精神支柱，创作亦然。"正是充闾的理想、追求和精神支柱，成为形成他的作品艺术风格的内在基石。

——摘自阿红《用心灵酿制的散文艺术》

◎王充闾在中国的传统文化中，寻找到了自己的资源，这和他读私塾、阅读、人格和生命轨迹，都是密切相关的。他成功地以传统文化为资源参与当代文化重建。虽然主体上，他的散文还是以写历史文化事件为多，但是抓住了人的问题，回到本体个体，关注人的生死爱欲的最基本问题。回到人性的方面去观照历史人物，他对于历史文化的思想调遣，具有一种隐喻性。

——摘自丁宗皓在王充闾创作研究座谈会上的发言

◎王充闾先生以古稀之年完成了他的"人文三部曲"：《逍遥游》《国粹》《文脉》。每本书五百页左右的厚度，捧在手里厚厚的一摞，是书的重量，更是文字的重量。三部曲中，我尤其偏爱先生著的《逍遥游》，把它放在床头，每天守着一书一灯一笔，跟随智者向山顶攀登，恰似做一场逍遥游。

——摘自卜丽爽《一生爱好是天然》

◎ 20世纪90年代以来的散文创作热潮渐近衰微，当时红极一时的散文作者也淡出了人们的视线。但是其中也不乏少数人依然在默默地坚守着自己的创作个性，王充闾即是其中的代表。他始终在文化大散文的土地上默默地耕耘，以主体的满腔热忱和生命体验自觉探索着散文的深度意识，时刻准备着超越自己，引发人们长期的关注。

——摘自马平野《论王充闾散文创作的个性化追求》

◎王充闾对散文个性的把握是他自身灵魂的写照，是他所独具的对世界、人生的一种精神烛照和持存，一种审美把握和艺术占有，是主体生命的一种外在投射，一种人格力量的自我确证。王充闾正是以其独特的生命体验和艺术眼光创造了文化大散文创作的一座丰碑。

——摘自马平野《论王充闾散文创作的个性化追求》

◎王充闾的散文就具有了学者散文的这些特质，从而在一般的散文作家里显现出超拔独到的风韵。因为具备了丰厚的文化底蕴，以对散文本质的深刻认识作为依托，再加上纯熟的文字驾驭能力，王充闾将散文文体的功能几乎发挥到了极致，他的散文便拥有了个人文体的独特光彩，他的散文散发出厚重、沉郁、清新、优雅的文体特色。

——摘自王宁《散文泛化语境下王充闾散文的文体创造》

◎充闾先生的《人才诗话》，别开前人未开之生面，妙极！四论李贺马诗颇有独到见地。将李贺的身世与马诗有机地联系起来，深得古哲知人论世之三昧，确为此诗话中之佳构。

——摘自包立民《〈人才诗话〉述评》

◎在当代散文园地中，王充闾是姗姗来迟的大器晚成者。巍巍的医巫闾山铸造了他散文的高洁风骨，滔滔的辽河之水陶冶了他散文的非凡气韵，漫漫的革命征程赋予了他诗家哲人的睿智。他歌唱高山，歌唱大地；他描写人生，描写历史；他的文章如金秋的彩带，舒放飘逸；他的哲思如奇伟的山峰，沉实深邃。他似乎综合了当代名家之长，杨朔的诗情画意，秦牧的旁征博引，刘白羽的豪迈奔放，魏巍的情真意挚，在散文花圃中开辟了自己的领地。可以预计，中国当代散文发展史上将有他浓重的一笔。

——摘自王科《哲理美：对人生与世界的感悟和升华》

◎作为一位文化学者，王充闾的文化理想、使命和责任，透过《逍遥游：庄子传》获得了完整的体现。

——摘自王研《用负责任的态度书写历史文化》

◎早在 1994 年 9 月由中国作协主持召开的"王充闾散文创作研讨会"上，就有学者提出了"南余北王（南有余秋雨，北有王充闾）"之说。在中国散文界，王充闾的创作一直为文学界和学术界充分肯定与高度重视，并且几乎得到了所有散文评论家的关注，其中既包括堪称宗师的老一辈作家、评论家，也有评论界的核心力量，同时他的作品也成为许多研究生的论文选题。

——摘自王研《对散文大家的别样关注》

◎在中国当代文坛，王充闾是具有符号意义的一位代表性作家。如今，充闾先生虽已年过古稀，但创作状态和创作热情丝毫未减。他的作品，因为具有深厚的蕴藏、丰富的经验以及不断的超越，在国内外得到了高度的赞誉，并产生了广泛的影响。同时，其作品也成为文艺评论界跟踪研究的对象。

——摘自王研《对散文大家的别样关注》

◎ 1994 年出版的《王充闾散文创作论集》是第一本关于王充闾散文创作的评论专著，收录了郭风、冯牧、谢冕、徐中玉、阎纲、王必胜、蓝棣之、王向峰、孙郁等三十余位评论家的评论文章。该书在序言部分写道：读者和评论家们深切地感受到他那儒雅风流的文才，正直狷介的人格，高洁睿智的情趣和忧国忧民的襟怀，特别是他渊博的学识根底，中国古典诗词的素养，更显示出一种不同流俗的艺术追求和文化品位。这本专著中所收录的评论文章，几乎涉及了王充闾散文创作的各个方面，包括文体意识、诗人襟怀、个性特征、美学追求、学识素养、感情世界、语言风格、知识结构、现代观念……并且对于王充闾散文的不同文体——游记、随笔、抒情散文、杂感等的艺术特质，都给予了认真的分类评析。同时，那一时期的评论文章也奠定了评论界对于王充闾文学创作的一种肯定性态度，而这种肯定性的态度随着王充闾在创作方面的不断超越、不断深入并不断取得新的成就而得以持续至今，并且获得了更高的评价。

——摘自王研《对散文大家的别样关注》

◎由于王充闾的散文以及诗词在全国具有极高的知名度与评价，并且拥有相当数量的读者群，同时他的创作水准和学术地位也得到了全国文学界的公认，因此，他不仅凭借个人的散文著作荣获首届鲁迅文学奖，更以自己的创作威望而连续三届获邀担任鲁迅文学奖散文评奖委员会主任。该奖项作为全国性大奖，获得奖项已经是作家创作生涯中难得的殊荣，能够担任评奖委员会主任，更加需要受到各方的一致认可。王充闾作为地方省份的作家担任该奖项的评选主持工作，是非常少见的现象。这也从一个侧面反映出了王充闾在散文创作方面所获得的全国性肯定。

——摘自王研《对散文大家的别样关注》

◎王充闾的散文创作，已经步入了辉煌的文学走向，他是真正把散文当作纯粹艺术性的美文来写的，可以真正带给读者以文学欣赏和文学享受，无论思想性和表达形式都能引人入胜。

——摘自王研《对散文大家的别样关注》

◎提起王充闾的诗文创作，便会想起那些优雅从容的文字与精心深切的意蕴、特有的诗性之美和丰厚的学术功力，这些都已经成为王充闾的作品标签。王充闾的散文创作，尤以历史文化散文见长。他的历史文化散文将历史与传统引向现代，引向人性深处，以现代意识进行文化与人性的双重观照，从中获取超越性的感悟，因而卓立于当代散文作家之林，深为海内外读者所喜爱。《春宽梦窄》《沧桑无语》"王充闾作品系列"《王充闾散文》《龙墩上的悖论》等，标志着王充闾在中国的散文界成为引领潮流的大家之一。

——摘自王研《对散文大家的别样关注》

◎在《刊授党校》杂志上，看到充闾先生《增强党员干部的人文修养》的文章，一口气读下来，觉得痛快淋漓，齿颊生香。先生以自己深厚的学养为背景，深入浅出地阐述增强人文修养的目的、意义、方法，所论中肯实在，切近党员干部的实际，行文娓娓道来，丝毫没有强加于人的口气和自以为是的傲慢。相信每个人读后都会有所感触，生发出读书、励志的愿望。现在全党都在建设学习型党组织，但许多单位简单归于形式大于内容的"组织学习"。有的似乎天天在"讲学习"，但真正埋下头来认真读几本书的人太少。从照片上看，先生身体和精神都很好。我觉得像这样的作家型、专家型领导干部，即便退下来，也不存在所谓"寂寞"的问题。倒是期望能够注意适当休息，不要太累。

——摘自朱铁志《谈充闾先生》

◎集百家之长，融万卷之思，是充闾先生文学创作和学术研究的特点之一。从那些或冷峻深邃、充满哲理意趣，或雄浑、洒脱、富有诗意的精致书名中，我便知道了他的学养是怎样的深厚。这里只讲一点，他的散文集《乘物以游心》《蘧庐吟草》书名出自《庄子》；《文在兹》《沧浪之水》出自"四书"；《春宽梦窄》《细雨梦回》《鸿爪春泥》《一蓑烟雨任平生》《天凉好个秋》《何处是归程》《少年游》等出自唐诗宋词；《一生爱好是天然》取自明代汤显祖的戏剧《牡丹亭》。这里映衬出一种深厚的国学修养。"五四"以来的作家中，冰心、郁达夫、林语堂善其事，后来的台湾女作家琼瑶紧步其后尘，而在当代大陆作家中，充闾先生为仅见。

——摘自王丽文《谈充闾先生国学修养》

◎长期以来，我一直关注苏俄、欧美的文艺名家，写了一些随笔散文。这次读到充闾先生的《域外集》，顿觉如见故人，不禁眼睛一亮。

我愉快地跟随作家的足踪所至，从书中认识并感悟了列夫·托尔斯泰、普希金、契诃夫、歌德、聂鲁达、泰戈尔、易卜生、勃朗特三姊妹等几十位世界文学巨匠，也欣赏了色彩斑斓的异国风情。而最令我深受启悟的还是全书的写作手法：反映这类题材，一般写法都以传记形式，即客观叙述——应该说，这是相对容易把握的方法；而充闾先生却是别开生面，发挥其独特的优势，拉着读者同他一道去参谒名人故居，身临其境，耳闻目睹。他善于调动一切因素为己所用，直至驱遣无语的文物"开口说话"，帮助读者亲身领略这些文坛巨擘的风神，于不知不觉中领略新知，接受教诲，自然而亲切，生动而深刻。这种高明的手法，前人早有应用，但汇集为一部书，作为一种系列、一种通用法则，则属创新。

——摘自王丽文《〈域外集〉读后》

◎在当代中国散文作家中，王充闾是较有代表性的一位。王充闾散文的魅力主要表现在其张力结构上，是由领导与书生、书斋与天地自然、进取与保守、文与白等形成的张力场。张力结构使王充闾散文开阔博大，富于矛盾冲突、力之美和深刻感人的特点。

——摘自王兆胜《论王充闾散文的张力结构》

◎王充闾散文巨大的"张力结构"如一张硕大无朋的网，将王充闾散文的所有内容囊括其中。这一张力结构最能显示王充闾散文的独特性。

——摘自王兆胜在"王充闾作品系列"座谈会上的发言

◎对于王充闾的散文来说，无论是历史文化散文、生活情感散文、智性散文还是山水散文，最终都是通过语言来书写的。尽管不同题材的散文有着不同的风格，但是王充闾在散文语言运用上却有着古奥雅润的一贯风格。

——摘自王明刚《深邃冷峻清醇雅致的本调》

◎王充闾的《逍遥游：庄子传》是一部具有独特风格和范本意义的作品。王充闾穿越史料，与庄子以心印心，真实把握庄子精神样貌。在书写上，他采用的"散文笔法"，赋予了这本传记迷人的艺术魅力。同时，他在展列古今学术研究成果的基础上，结合当下现实生活，给出新鲜独特的学术见解。

——摘自王明刚《厚重若磐石 轻盈如彩虹》

◎王充闾的历史文化散文，包括他早期创作的古体诗词都不乏对女性命运、女性生存状态、女性审美创造等现象的书写，其中堪称佳作名篇的也为数不少。同样的沉潜并感悟历史，同样的人性化叙事，同样的与古文人对话，其中因为有了自然的审美的性别视角介入，而使王充闾的历史文化散文更具大气、宽容的同时，也呈现出和谐、柔美等特征和艺术感染力。

——摘自王春荣《王充闾历史文化散文的性别审美解读》

◎王充闾先生《文脉：我们的心灵史》扎根于五千年中华悠久文明沃土，厚植于民族深处家国情怀，采撷历史长河经典片段，回顾文宗巨擘心路历程，对文脉的起源、流衍、兴衰、沉浮、得失做了详细的研讨，极其生动解读了千百年来，中华民族历经磨难而不衰，饱尝艰辛而不屈，千锤百炼而愈强的独有人文魂魄、文明筋骨和文化血脉。

——摘自王继鹏《读王充闾先生〈文脉：我们的心灵史〉有感》

◎读完王充闾先生的散文集《春宽梦窄》，被那浓郁空灵的诗情、激活雄辩的理趣、积极昂扬的精神所迷醉。作者是以亲切平和、乐观豁达的平等对话态度，以学者或智者的敏锐和机锋，以诗人自由的想象和审美直觉去叙述自己域内和海外的所见所闻与所感所悟，以真切细腻的生命体验和诗意超脱的浪漫情怀去阐释历史与现实，不见政治化、道德化的抽象说教，只坦陈自我的精神内在。

——摘自仇敏《诗情·哲理·美感》

◎通观《春宽梦窄》，深感它是美学眼光所孕化的诗意散文，用审美的体验与理解去写作，增加了精神的意蕴。作者力求在散文的内涵和形式上追求一种天人合一、主客一体、自然天成的和谐之美，而我们也看到王充闾先生的散文较好地达到了这一艺术境界。

——摘自仇敏《诗情·哲理·美感》

◎王充闾是近年在中国文坛崛起的有其独特风格的散文作家，其散文集《人才诗话》《柳荫絮语》《清风白水》《王充闾散文随笔选集》以及诗词集《鸿爪春泥》相继出版。著名散文家、文艺评论家冯牧、郭风、徐中玉、谢冕等撰文予以高度评价，称他的散文"如江上清风，山间明月""出手不凡、独具机杼"。王充闾以其独特的文学成就被编入《中国当代艺术界名人录》《中国文艺家传集》。

——摘自刘文艳《宦况诗怀一样清》

◎我折服充闾先生的语言功夫。在他笔下，有白描，白描中不乏蕴藉；有比兴，比兴中衬出诗意；行文如流水，这流水声常常引来思索；还有一些文白相间的句式，语句易懂又富韵味。读这样的文章，仿佛遇到一坛刚打开盖就嗅到醇厚味道的老酒。

——摘自白长鸿《望夕阳于山外》

◎充闾先生是散文大家，读这集子，感觉先生已是心到笔到，文随思转，到了信笔由之、从心所欲不逾矩的地步。我想，这与他深厚的国学底子、丰富的人生阅历不无关系，而他那种开阔的视野、深邃的思考、独到的眼力，又让语言艺术传递着超出语言本身的深刻意蕴。

——摘自白长鸿《望夕阳于山外》

◎当然，对于一个有责任感、使命感的作家来说，创作是艰苦的，每一次突破都必将经历心灵上的艰难跋涉。而王充闾的创作就是这样，他仿佛始终都处于现在进行时的状态，这使得他的文字随同他永不停歇的脚步，跃动出生命的华彩乐章。

——摘自丛琳、崔绍锋《语已多情难诉》

◎王充闾是辽宁当代文学巨匠，在辽宁百年文学史中，若论散文成就，无出其右者。国内散文界曾有"南余北王"之说，"南余"为余秋雨，"北王"即王充闾，二人各有千秋。但我以为，如果看对中国传统知识分子心灵观照的深度和散文的诗性之美，王充闾的写作当更为精彩。读他的散文，就像在与历史对话，与文明对话，也好像是在与自己的内心对话，让人感觉无比沉静，这也是我多年来大爱王充闾散文的主要原因。

——摘自叶立群《品味辽海散文大家王充闾》

◎ 20 世纪 90 年代中后期，是王充闾散文创作的辉煌期，以大量的历史文化散文，引领了当代"散文革命"。他以理性的态度和诗性的情怀解读历史，勘探人性深度，张扬瑰丽生命，并以新的历史观和现代意识解读历史人物。

——摘自叶立群《品味辽海散文大家王充闾》

◎王充闾是我国当代文学界的散文大家，特别是在历史文化散文的创作上及在理论建树上都有突出的贡献。

——摘自牟心海《读王充闾的长篇历史文化散文〈张学良人格图谱〉》

◎捧读王向峰先生主编的《走向文学的辉煌——王充闾创作研究》一书，感动和欣喜萦绕良久。为它的厚重，它的精致，也为它的渊赡，它的大气。就本人所知，围绕一位散文作家的创作，吸纳全省三十多位文艺理论工作者加盟参与（还有两位外省的研究王充闾散文的专家），用两年的时间展开研究，其六十万字的研究成果由国家级出版社鼎力出版，这在辽宁文学史乃至中国文学史上，均属鲜见之事。

——摘自许宁《文心交汇，琴瑟合鸣》

◎喜欢充闾先生的散文，不在于他的政治身份，不在于他享有"南余北王"的美誉，不在于他获了什么样的大奖、出了多少本有分量的书，而在于他的每一篇文章传递出的文化积淀的厚重性和思想底蕴的深广性，在于每一个文字甚至每一个句读流露出的本色和天真。所以，充闾先生的每一文字都是需要精读和细读的，每读一次都会让人深深感慨文学精品的魅力所在。

——摘自刘丽《王充闾散文的乡土情结》

◎王充闾是新时期中国散文创作上以文化散文享有盛誉的散文大家，其文化散文的成就足以与汪曾祺、季羡林、余秋雨、周国平等大家平分"秋色"。由于其文化散文的突出地位和贡献，评论家们甚至有"南余北王"之称。通读其代表作之一《碗花糕》，我们从中感到，他的语言极有特色。这种真实生活中的鲜活语言，使文学更加生活化、真实化，走向了朴素美的大境界。我们不得不承认，王先生的散文创作，已修到了相当高深的程度，已到了"天（自然）人合一"的无境之境，表面看起来他的散文语言未加雕饰和锤炼，实际上他的散文语言如同小溪流出山泉一样，是从心里流出来的，而不是硬写出来的。这就是一种功夫，一种"造化"功夫。读《碗花糕》，我们深深被其朴素自然的语言所感动，这大概也是这篇文章一发表就被几家选刊选摘并获奖的主要原因吧。

总之，《碗花糕》是一篇真正体现王充闾先生大散文理念的"大美散文"。其"大美"表现在：一、文体的模糊化。细审《碗花糕》，既是回忆童年生活的乡土文章，又是写人的文章，更是抒情的文章，往事的回忆、人物的描写和对人物深深的缅怀思念水乳交融，难辨难分。二、美的多样化。《碗花糕》的总体风格是朴素美、悲剧美。但仅感知到这些是远远不能反映出《碗花糕》的"大美"丰富内涵的。《碗花糕》体现的美可以说是丰富多彩的，既有具体真实的生活画面美，又有人物形象的外在美和内在美，还有情意的浓挚深厚美、民俗风情的纯厚蕴藉美、构思的大巧似拙美等等。就这两点，足以说明，《碗花糕》表现出了它不同凡响的意义和多层面的美学价值。我是深深地被《碗花糕》的美感染了，陶冶了，感化了。我相信，广大的读者阅读了这一篇美文之后一定与笔者会有同感。

——摘自尤屹峰《一曲嫂娘的凄美赞歌》

◎王充闾的思想具有了悲天悯人的情怀，他开始考虑人性的崇高与卑下、生命的恒久与轮回，他开始思考存在的意义——而这正是作家超越自身，走向一种自觉的自由状态的开始。

——摘自刘广远、周景雷《东北文化转型的可能》

◎ 庄子思想核心是如何把宇宙本体之道转化为心灵世界之道。这一哲学命题如何解析呢？王充闾先生的《逍遥游》给出了答案。先生开出了二十二个设问，运用宋代苏东坡首创的"八面受敌读书法"逐一破解，将一位时代巨人、哲学鼻祖的形象刻画在天地之间。先生不愧是当代研究庄子的领军人物，对青年一代坚定文化自信势必产生深远影响。

——摘自孙国尊《百川入海 万象归宗》

◎王充闾散文创作取得的巨大成就，与他深厚的思想文化底蕴有密切联系。儒道禅意识融合到他的散文中，相辅相成，由此及彼，以彼辅此，共同发生作用，成为他探索宇宙、叩问沧桑、认识人生、理解生命、审美创造的动力源泉。

——摘自孙殿玲《论王充闾散文中的儒道禅意识》

◎王充闾的散文意蕴深厚，境界博大，积淀着浓厚的儒道禅意识，从儒家思想中吸收了济世致用的思想精髓，从道家思想中吸收了崇尚自然、追求审美、遗世独立的精神境界，从佛禅中吸收了空明清静的感悟方式，为当代文学创作思想深度的挖掘打开一个新的孔道。

——摘自孙殿玲《论王充闾散文中的儒道禅意识》

◎ 庄子犹如北斗恒星，终古照临着遥夜。而作者以扎实的传统文化积累、开阔的学术视野和思维方式，融汇古今、中西，对庄子予以全面的认识、新的解读，将启悟和警示留给读者。这篇巨作泱泱大气、字字珠玑，同样以"诗性光辉"托载"思想洞见"。

——摘自邢瑜《乘物以游心》

◎很荣幸地受到会议的邀请，来参加王充闾先生的作品研讨会。来此之前，曾经拜读过由辽宁教育出版社出版的王先生作品系列七本，对于我本人说来，是一次很好的学习机会。王先生是我国当代的著名作家，我一向认为认识一位作家的最好方法是读他的作品。这些篇章里，篇篇都充满了浓郁的人情味，让我们认识了那些与王先生的成长密切相关的人物——他的母亲，嫂嫂，他的第一任老师也是他的族叔的魔怔叔，他的私塾老师刘先生和刘先生的女儿小好姐，这些善良、正直、刚强的人物，都给我留下了深刻而呼之欲出的印象。

——摘自肖凤在"王充闾作品系列"座谈会上的发言

◎迄今为止，王充闾的散文先后结集出版的有《清风白水》《春宽梦窄》《面对历史的苍茫》，还有最新的《沧桑无语》——基本上都可以归为学者散文（文化散文）一路。应当说，他的散文创作最为全面和典型地代表了学者散文（文化散文）的文体风格特征及其突出的典范性成就。

——摘自吴俊《散文大家王充闾》

◎王充闾当之无愧为当代的一位散文大家，还在于他的文体。可以说，他是一位炉火纯青的文体作家。他是真正把散文当作纯粹艺术性的美文来写的。这里有着巨大的困难，绝不是寻常高手能够驾轻就熟的。其中体现了王充闾所拥有的难以言传的文体技巧和写作功力。

——摘自吴俊《散文大家王充闾》

◎如果联系到学者散文（文化散文）的基本内涵，那么，可以把王充闾的散文创作当作是对 20 世纪 90 年代文学的一种贡献——并不局限于散文范围之内……王充闾的散文不仅深刻地体现了他对历史传统的亲切体认和理性把握，而且更是对文化精神的一种具体实践和价值延伸……王充闾显然怀有一种强烈的历史情结，但他对于现代文化命运的思考更为执着。他带着现代的精神走进历史，走进传统，同时又将历史和传统引向现代，引向现代的文化生活和现代的精神世界，从中获得超越性的生命体验。

——摘自吴俊《散文大家王充闾》

◎他（王充闾）的创作成果和创作精神不仅对营口具有借鉴和指导意义，对全国乃至世界也同样具有借鉴和指导意义。

——摘自汤和伟《充闾先生与营口诗词》

◎王充闾先生集学者、领导、作家等多重身份于一身，他丰富的人生阅历与生命体验融汇于他的思考与创作中，其散文作品充分展现出他的人品、学养、智慧与情怀。《国粹》一书以散文的形式将历史纵深处的人与事娓娓道来，展现出深刻的哲思与情怀。在文学创作日益商业化、世俗化的当今，这本书以自觉的深度意识、对人性的关注以及对诗性生命境界的高扬诠释了人文精神的内涵。可以说，王充闾先生是在以知识分子的良知与坚守召唤文学性，引领读者思索人性、叩问生命、获得精神愉悦。遇见这样的文字是当代文坛的幸运，亦是当今读者的幸运。

——摘自李阳《古今生命的对话 心灵隔空共振》

◎王先生的作品很重要的一点，是他自己本身的一种文化修养。读王先生的作品，要有一定的人文精神、人文修养和知识的准备，这是王先生的"幸"，也是王先生的"不幸"。"幸"的是王先生能把他的文学修养很好地发挥出来，写出很好的作品；"不幸"的是对读者相应地来讲受一定的影响。这样说不是贬低他的作品，不是，恰恰是说他的作品在当代文学创作的地位是不可替代的，是金字塔塔尖的一种文化产品，或者创作。

——摘自李辉在"王充闾作品系列"座谈会上的发言

◎王充闾以优雅而正统的思想文化情愫来寻求那飘逝的文化诗魂，事实上，王充闾的散文充满了优雅的思想情调。实际上，优雅是中国散文的内在审美追求，也是中国散文的自由精神特性，而且，优雅确实能给人以深深的感动。

——摘自李咏吟《寻求那飘逝的文化诗魂》

◎王充闾有着丰茂的学殖，在他的散文创作中，往往有着其他一些散文作家难以比肩的高密度的中国古代文化信息含量。古典风韵扑面而来，历史陈酿令人陶醉。然而，王充闾的散文并非传统的赓续与发展，而是别有深层意蕴：若是说鲁迅借旧体诗的躯壳，昭示自己的现代意识，那么王充闾则是以传统之船，载现代之思。他以现代人的味觉咀嚼、品尝传统，无论其甘甜或苦涩，那些传统文化"信息"都附着上了作者现代的"唾液与牙痕"（思索与批判）。而王充闾散文的价值也正在此。

——摘自李春林《于传统中昭示现代》

◎阅读《庄子传》，伴你"逍遥游"。若你选择了，一定会觉得意味无穷，心旷神怡！

——摘自李炳银《读王充间〈逍遥游：庄子传〉》

◎王充间旧体诗词集《鸿爪春泥》，是一本用精美的古典歌形式抒写新时代情怀的上乘之作。书序说："诗词中颇多写景述怀、应答酬唱之作，不过其中却有寄寓人生的感悟和哲理的思索。"

——摘自陆玉才《人间诗境较天宽》

◎在今天的语境中，散文已不再缺乏自由的话语空间，也不再缺乏对于人的复杂性的烛隐抉微的表现，而唯独缺少一种精神的向度和人性的高度，缺少的是直面人性困境和人性难题、既善于感悟人生又勇于承担人生的精神。而这或许是王充间散文在当下语境中所保持的最为可贵的话语姿态。

——摘自张颖《论王充间散文中的历史意识》

◎王充间的散文写历史有着人性的深度，这不仅表现为他能洞隐烛微，写出真实立体的历史人物，更在于他能够鲜明地亮出自己的态度，直击人性的阴暗与丑陋，体现出一种对知识分子价值立场的坚守与追求。

——摘自张颖《论王充间散文中的历史意识》

◎王充间先生本人就是一位优秀的散文大家，他的历史文化散文笔涉往昔却意在当今，深受广大读者喜爱。他的语言典雅、精美、洒脱，诗性与哲思齐飞，历史共文化一色。而《庄子传》文采翩翩，其语言五彩缤纷、纵横捭阖，有白描的朴拙，有抒情的优美，有叙述的精微，有学理的缜密，有哲学的思辨。

——摘自张翠、周景雷《文质彬彬，然后逍遥》

◎王充闾的新作《逍遥游：庄子传》是重大的国家级文化工程"中国历史文化名人传"大型丛书之一种。这部庄子传记文字优美，诗性、知性、理性俱在，结构创新，独特的扇形结构完美勾勒出传主的精神图谱；兼具文学审美诗意与学术气质，文学性与学术性浑然统一，是学术见悟的文学式表达；充闾先生以一个现代知识分子的人文情怀和一个遥远时代的平民知识分子进行旷世对话，他的历史观是在历史与现实之间逍遥穿行、对话的大历史观。

——摘自张翠、周景雷《文质彬彬，然后逍遥》

◎王充闾散文创作选取的是文化视角，是文人的视角，把转型期的现代文化的心态给传达出来了。他在理论和实践中达到了深度写作——人文精神，创作中有对人性的深度挖掘，对历史人物性格的深度挖掘，并把其引向现代，进行双重观照，从而带来了超越性的突破。另外他的创作有忧患意识，在文章中充满了对祖国、对时代、对人民的深忧厚爱。

——摘自白长青在"王充闾作品系列"研讨会上的发言

◎《国粹》一书不但以鲜明的主体意识与表达个性做出精神上的试探，更以严密的结构横向、纵向提供了铭入心田的人生学说、生活智慧、政治智慧，以及文明大地下的情怀与内涵，不可复制的生命标识与民族特质，真实感、疼痛感，古今中外的文明参照与对比。它看起来更像中国的往事，于各个典型人物悉数登场中不断述远与考近。它既尊重了史实依据，又洞悉了历史不为人知的秘密。当时间的维度被一点点打开，仿佛一下拧亮了亚历山大的灯塔。它让我们在历史的游述中看到你方唱罢我登场、整体与个体的相互影响、传统与文明的精神碰撞，以及时代的思想认识与美学范畴。他用宏阔的视野、活跃的智慧，旁征博引，有机衔接地诗化了叙述的笔调。哗变的色彩，深刻的交锋，它们破空而来，兼顾之间的内在联系，可谓"一等襟抱一等文"。

——摘自张金芝《欲先超胜，必先会通》

◎在读充闾先生著作（《逍遥游：庄子传》）之前，我曾翻看了王新民、道纪和张远山等多个版本的《庄子传》，毋庸讳言，在所有关于庄子传记一类图书中，充闾先生的这一部无疑是最好的。其他人的多是小说家言，不乏用大量人物对话来虚构情节，充满丰富甚至离奇的想象。相比之下，充闾先生的《庄子传》则更为细密与切实，体现的是散文格调、传记肌理和学者风范。

——摘自初国卿《散文格调 传记肌理 学者风范》

◎充闾先生的散文创作，保持着数量和质量上的高度统一，这既显示了他高超的水准，又说明了他勤奋与严肃的追求。从如何提高当前散文创作的水准这一视角而言，实在是值得好好研究和总结的。所谓成功的散文佳作，总得透过栩栩如生的形象、文采斐然的语言，尽可能地去打动读者的情感，震荡他们的心灵。而想要达到这样的效果，就必须毕生都不懈地致力于锤炼和升华自己的精神境界。作家的知识渊博到什么程度，思考深入到什么程度，感情宣泄的惯性达到什么程度，语言与掌握艺术技巧的功力又成熟到什么程度，并且每时每刻都要刻苦地挥发自己这些紧密融汇的长处，才能够从根本上决定自己的作品达到什么样的思想和艺术高度。 每当阅读充闾先生的散文作品时，常常会对其中诸多的美妙之处，禁不住击节赞叹。

———摘自林非在"王充闾作品系列"研讨会上的发言

◎对于辽宁文学来说，王充闾的散文影响非常大。包括对全国文坛，他的散文都有贡献。然而对于作家的创作，提出怎样的理论突破点，我们的理论怎样创新，应该怎样对应，值得思考。王充闾对于现代汉语写作有什么贡献，充闾先生吸取和借鉴古文的长处，也值得我们研究借鉴。

——摘自林建法在王充闾作品研讨会上的发言

◎翻开王充闾先生的文集，你便走进历史画廊。这位散文大家，外出旅游，寻访古迹，他总是"因蜜寻花"，情感跟着古诗文走。他的作品多以游记开篇，习惯于饱蘸历史的浓墨在现实的画布上着意点染挥洒。寻访严子陵钓鱼台，俯首叩石，聆听碑文，于是如椽的大笔便开满了石头花，结满了文字果，一篇隽永别致、令人一唱三叹的历史文化散文《桐江波上一丝风》跃然文学史册；登上五国城，望半钩新月，披江天薄雾，百感丛聚，千念并拢，心头那支爬满北宋王朝音符的横笛竟吹起了警世华章《土囊吟》……在他浓墨重彩的画廊里，充闾先生笔下的人物个个鲜活人，呼之欲出。

——摘自杨丽英《感受亦古亦今的共鸣》

◎读充闾先生的作品，宛如闯进词苑诗会。他的散文里，诗、词是他装点篇章的朵朵花儿。他踏上名城古迹，尘封在记忆中的诗文便涌动出来，去感受古人，并和他们做意象之中的交流。漫步《邯郸路上》，腹中清代张问陶的"士慕原陵犹侠气，人来燕赵易悲歌"的诗句舳舻相接地引出一船一船的邯郸历史人文故事；怀念小好姐姐，散文《小好》的篇末镶上一首美丽的小诗"秋水映长天，黄花似昔妍，绿窗人去远，相见待何年"；《碗花糕》中描述了一位勤劳善良、可亲可敬的憨憨的嫂子，读之亲切窝心，叫人慨然潸然……

——摘自杨丽英《感受亦古亦今的共鸣》

◎若说充闾先生的作品像画廊，但他又不满足于画面的渲染，而刻意于"画外音"；若说他的作品似词苑诗坛，他的功夫却又在诗外。他是站在大自然的立交桥上，让易感的心灵漫溯历史长河，凿穿生命隧道，面对漫漶模糊的历史图像发微探赜、鉴往知来，从中联发出一串串的哲学思考。《寄情濠上》一文中，他看到浊污泛白的濠江水，周遭不见树木，飞鸟鸣虫，不像意想中当年庄周濠梁景象，于是生发出"何处是归程，长亭更短亭"的感慨，从而呼唤民族的环保意识……

"一片自然风景就是一种心情。"在王充闾的散文作品中，可以在古诗文中怀古，可以咀嚼、玩味哲理深沉的词句，更可以感受亦古亦今的共鸣。

——摘自杨丽英《感受亦古亦今的共鸣》

◎王充闾先生有两重身份，第一是党的高级领导干部，第二是作家、诗人、学者。王先生自幼熟读"四书五经""诸子百家"，通晓国学，对中国传统文化了然于心，对现代文学游刃有余。

——摘自郑恩信《一书历阅万古禅》

◎王充闾先生古典文学修养极深，文字遒劲而练达，深得骈文之精髓，这也是此传的一个亮点。不说内容，只读那一段段文字，就有一种艺术享受。写庄子，而有如此之文字，可谓得其人矣。

——摘自杨光祖《庄子传记的新尝试》

◎ 王充闾先生的散文体著作《逍遥游：庄子传》是传记创作和庄子研究的一部力作。该书以极富文学与哲思性的语言全面系统地阐述了庄子的生平和思想。这其中，对于庄子游世思想的阐释尤为精妙。充闾先生认为：庄子"游世"思想，缘起于悟道，显象于"游身"，深隐于"游心"，达成于"逍遥"。这一思想充满了实践精神，同时也是他在傲世、顺世、解世中提炼出来的生命体验与精神追求。"游世"不仅是庄子思想的内核，更因其超越性而成为艺术、文学、美学领域的重要范畴，尤其是在士阶层审美人格的生成和审美创造的引领方面，更是发挥了无法估量的作用。充闾先生对这一核心思想的揭示，不仅体现了他深厚的学养，更可见先生深湛的哲思与卓越的见地。

——摘自孟庆丽《文心与哲思的完美交融》

◎王充闾先生的《诗词密码》篇，对于中国悠久的、独有的传统文化元素符号——诗词做了系统、生动的叙述和赏析。他发表的见解，就诗言情、诗咏史、诗入画、诗家语、诗结尾、诗用典、诗炼句等多个方面，对经典的、具有代表性的古代诗词作品加以引述，并结合自己的创作过程，总结、归纳了学习创作诗词应注意的诸多问题，引发读者学习、热爱诗词的兴趣，对提高欣赏诗词和写作水平，具有很大的指导意义。

——摘自孟秀敏《读王充闾先生〈国粹〉》

◎王充闾的作品是一个品牌、一个信号，就是为建立一个书香社会而奠基。书香社会是一个很实在的东西，我认为充闾先生的作品是标志性的东西，一个品牌，一个信号，就是我们书香社会理念的一个重要元素，就是要告诉学者我们要做这种东西，也是我们向更多的优秀作者呼唤的。

——摘自俞晓群在"王充闾作品系列"研讨会上的发言

◎我觉得王先生散文的特点，是在思考人的生存困境，就是人的复杂性。不管是写曾国藩，还是写李鸿章等这些人，他都是在考虑人的复杂性，人的生存困境的问题。人的生存困境最大的问题就是人的本性跟文化制度之间的矛盾，这个矛盾是永远存在的一个矛盾。过去关注王先生的散文，像《文明的征服》《寂寞濠梁》，最近又看了《西厢里的房客》，我觉得都很有意思，和历史这样大的文化主题形成了一种对照关系。这是对当代散文一个很大的贡献。

——摘自祝勇在"王充闾作品系列"研讨会上的发言

◎在王充闾的智性散文中，古今互文、古今交替的特点很明显，等量的古今交替，使王充闾的智性散文产生了鲜明的韵律感，从而有了一种音乐美。

——摘自阎丽杰、麻玉霞《论王充闾智性散文的叙事节奏》

◎王充闾的智性散文就有了节奏韵律性。具有同构性题材的反复出现使智性散文产生了一种韵律感。情感的起伏也形成了王充闾智性散文的韵律美。

——摘自阎丽杰、麻玉霞《论王充闾智性散文的叙事节奏》

◎王充闾的创作道路既体现了我国当代文学发展的某些历史性的轨迹，同时也体现出他本人对文学个性化的思考和探索，并由此形成了他的创作的特点、价值和意义。而后一点，是他得以成为当代散文大家的主要因素。

——摘自高凯征在王充闾作品研讨会上的发言

◎时代大作有个基本条件，时代缺什么能补回来，失去什么能找回来。王充闾的散文正是时代的大作。

——摘自高凯征在王充闾作品研讨会上的发言

◎充闾先生的作品，是中国散文界这么多年没有达到的高度。如果说要定位的话，它能够聚敛道德，能够在道德混乱的状态下，聚敛我们道德当中优秀的东西，进行深刻的思索。

——摘自高凯征在王充闾作品研讨会上的发言

◎王充闾先生的"人文三部曲"——《国粹》《逍遥游》和《文脉》，处处洋溢着王老爱祖国、爱人民、爱家乡的"浓浓家国情"，字字句句都律动着"老骥伏枥，志在千里"的拳拳中国心。概言之，三部曲中处处洋溢着王老爱党爱国的赤诚之心；热爱人民、热爱生活的善良之心、仁爱之心；爱憎分明的羞恶之心、辞让之心；与时俱进、永不服老的青春之心。

——摘自潘虹玮《浓浓家国情 拳拳中国心》

◎《逍遥游：庄子传》叙事娓娓道来，语言瑰丽而不失朴实，让不同年龄、不同层次的读者都会有不同程度、各得其所的收益。青年人读之，会感悟到庄子着眼精神自由、崇尚思想解放的逍遥；中年人读之，会领悟到庄子摆脱功名利禄、鄙视金钱权力的超然。因为"庄子哲学是艰难时世的产物，体现了应对乱世、浊世、衰世的生命智慧"。感触尤深者是老年人读之，若结合自身生活阅历，细细咀嚼，更是受益匪浅。老年人经历多，尤其是曾入世多年者，遍察人事；一经出世，即应转换思维方式和生活样式。若想从繁杂中解脱出来，走向简单，颐养天年，面对世事，想得开，放得下，特别是感悟自然人生，读《庄子传》，则会事半功倍。

——摘自郭玉杰《感悟于"自然"》

◎王充闾的历史散文表现出鲜明的现代性意识，它以内涵上的世俗救赎、艺术表现上的抗拒平庸与文化层面上的反思性批判表征出现代性表意实践主要特征，这是他的散文获得广泛的社会反响的重要因素。

——摘自徐迎新《作为现代性表意实践的王充闾历史散文》

◎王充闾是当代中国文坛具有重要影响的散文作家。然而，对王充闾作品的阅读与研究却还存在诸多不足。无论是文学界、读书界对王充闾作品的一般接受，还是评论界、学术界对王充闾创作的专业解读，都与王充闾作品固有的内涵和价值拉开距离乃至于呈现出反差。就前者而言，消费时代阅读的感官化和快餐化，无形中遮蔽和冷落着王充闾作品的诗性精神，从而在一定程度上影响了其作品在更大范围的传播；就后者而论，相当一部分研究文章还停留于孤立的文本解读和封闭的作品阐释层面，缺乏一种宏阔、深远的背景意识，未能将王充闾的创作放到文学史、文化史乃至思想史的发展过程中加以审视、梳理和评价。因此，对王充闾创作的艺术成就做更进一步的研究就显得极为必要。

——摘自徐迎新《理解王充闾的诗性精神》

◎十六年啊，人生有几个十六年？我们的主人公（王充间）竟然用去人生十六年的时光，远离繁华和浮躁，远离肤浅和平凡，伴随孤单和寂寞默默奋斗在另一个世界里，为人类创作伟大的精神财富（指《逍遥游：庄子传》）。

——摘自刘文景《这样的十六年》

◎王充间先生的"人文三部曲"囊括了中国文化的发展脉络和中国人的千年心灵史。他从国家、社会、个人及文学作品等角度纵观中华文明思潮的形成和发展，洞悉中国人明道、修心、守正的胸怀和内涵。——王充间从文化的角度对民族的心灵特征进行了不懈的探求，通过散文中的史实分析感受其中深藏的哲思，感悟文化源流中的善恶美丑。在全球化时代的背景下，中国传统文化正处在一个传承与排斥、交流与融合的阶段，复兴中国传统文化的精华，摒弃其中的糟粕，从哲学角度思考历史事实是王充间历史散文创作的题中之义。

——摘自隋林书《传统文化思潮与历史的观照》

◎当代生活有多种表达的可能，在探索与寻求的道路上，我们或多或少都有过迷茫、浮躁与焦灼，从而让我们变得步态蹒跚甚至鄙俗、猥琐，也因此背离了优雅带给我们的美好和快乐。有智者云：身似菩提树，心如明镜台。时时勤拂拭，勿使惹尘埃。读充间先生的文章，就是一个拂拭心灵、返璞归真的过程。期盼先生新作，当是吾辈之幸。

——摘自崔博《诠释古典美　返璞归真人》

◎中国的文学史上，当代最有分量的一位，非充间先生莫属。新被东风开了的，是妙笔生出的朵朵花儿吗？答案是肯定的。因先生佳篇纷披，所以心系先生之诗文并德，以小诗一首作结，题目为《充间老师〈蓬庐吟草〉读后》，如下："意抵春风不羡花，铿锵朴素绿天涯。偏多内敛推喧闹，绝少张扬厌浊华。骋目烟云寻菡萏，宽心岁月伴兼葭。幸来信手徐徐引，惯得余香数大家。"忽有一感，比照于先生从文：放足去，踏破天都万顷云！

——摘自曹辉《沧海惯经，任情适性》

◎王充闾的散文特别注重诗情与兴趣的会通，这便形成了散文艺术惯常所讲的"意"。这种"意"，来源于他在工作、生活中的切身体验，来源于他对历史的敏锐视见力，也来源于他多年创作实践的锻炼，更富有当代意识与使命感，具有独特的魅力与美学风韵。

——摘自梅敬忠《王充闾散文的美学风韵》

◎王充闾的散文写作，无疑是今日文坛上独立运行的一个奇迹。在这个名家辈出、佳作纷呈的散文艺术新格局中，其创作自标高格、独树风仪，因而郭风、冯牧、谢冕、徐中玉、蓝棣之、张毓茂、雷达等著名散文评论家纷纷撰文，予以高度的评价。对于王充闾创作的这样意理融会、厚积薄发的美文，你从中任意抽出一个话题，都能写成一篇颇具规模的论文，而任何一种概括和分析，又都难以涵盖其全貌，这给我们研究和把握王充闾的散文创作增加了难度。

——摘自谢中山《思想者与诗人的冲突及协调》

◎王充闾对大自然充满了爱慕之情。在他的笔下，大自然忽而是婀娜多姿、情意绵绵的少女，忽而又是飘飘欲仙、秋波流转的情人。

——摘自谢中山《思想者与诗人的冲突及协调》

◎王充闾笔下的自然，不仅是人化了的自然，同时也是可以唤起他生命理想和文化情调的自然，是作者的心灵将自然提升后所达到的一种境界，是他对自然的精神征服，是形象化了的象征世界。

——摘自谢中山《思想者与诗人的冲突及协调》

◎在地域上，南方以余秋雨为代表，北方则以王充闾为代表。后者的"历史文化散文"空灵飘逸。以诗意的思想、冷静超脱的灵感、精巧潇洒的结构、典雅隽永的叙述获得了对历史的新的文化语境的阐释。其独特的美学魅力领一时之艺术风骚。

——摘自傅德岷《北有王充闾》

◎王充闾，中国当代卓越的散文家、诗人、学者。他的散文集《清风白水》《春宽梦窄》《面对历史的苍茫》《沧桑无语》、诗集《鸿爪春泥》等在文学界和读者中有广泛的影响。他对中国传统文化的广博学识和深切体悟，又因融通了中外文学的高超书写，释放出中国当代文学独特的审美意韵。王充闾最新出版的《诗外文章——文学、历史、哲学的对话》，系统解读了自先秦至近代的中国哲理诗，这些优美的文化散文与被解读的诗歌交相辉映，既紧密关联又自成一体，让读者阅读本书的过程成为一次游走于哲思与美文之间的奇妙之旅。作为一个具有传统文化修养的散文作家，王充闾人生阅历丰富，足迹曾遍及世界各国，遍访先贤胜地。他尤以历史文化散文见长，将历史与传统引向现代，引向人性深处，以现代意识进行文化与人性的双重观照。

——摘自舒晋瑜《王充闾：诗外文章别样醇》

◎王充闾以其卓越的文化修养和精神优势，对历史人物那种特定的历史背景和心理色彩持有充分的清醒与自觉，用文学家的手笔创作出具有哲学色彩的文学作品，体现出文学创作的深度追求，树起了历史散文中的一面鲜明旗帜。

——摘自詹丽《王充闾历史散文创作的深度意识》

◎王充闾用历史学的知识、文学家的手笔创作出具有哲学色彩的蕴含着多重精神的文学作品，使其成为历史散文中一道独特的风景。

——摘自詹丽《王充闾历史散文创作的深度意识》

◎王充闾同志的散文是引人入胜的，或者可以把他的散文称为学者的散文，他以渊博的学识、丰富的联系和独到的见解，把读者带入一个高于现实的深邃境界。

——摘自蓝棣之《在古今之间沉吟》

◎王充闾先生《张学良人格图谱》给文学一个启示和信心：文体结构的"嫁接"是文学艺术创新的一个方向。

——摘自蔡恒忠《散文领域的一次冒险》

◎王充闾在自觉的艺术追寻中逐渐进入一个敞开的更加自由的天地，领略了天地的苍茫和人生的限度，看轻了声名、禄位以及身外的一切，不需要守住什么，不惧怕丢弃什么，径直往前走，全部创作的欢乐都饱含在这未完成的生命过程中。我想，对于王充闾，在文学中感受人生这篇"大散文"，或许是比创作更有意味的事情。

——摘自李晓虹《未完成的王充闾》

附录1:

我看《我见文学多妩媚》

◎彭定安

前记

这是我拜读充闾同志的《我见文学多妩媚》时,断断续续,随手敲下的读书笔记。随读、随感、随写,多则多说,少则少说,无则不说,记录读后之感、学习心得而已,己学己用,不欲示人,更未曾设想发表。所以,随意挥洒,率性而为,长长短短,不成体统。读完敲完,觉得虽然无大意思,但有的地方还有点趣味,也不妨发给充闾同志一阅,消遣一笑,文人作家之间,文字交往、情趣汇流吧。不意,充闾竟不仅不以为忤,还建议发表。我不好拂他的美意和鼓励,只好接受,算是把学习体会、读书笔记公开,与大家共赏,请方家指正。

《青灯有味忆儿时》 阅读笔记

1. 泥土世界

说到家乡,开篇如此写道:"童年时节,村子留给我的鲜明印象,就是那里是个泥土世界。路是土路,墙是土墙,屋是土屋,风沙起处,灰土满天。形容长相叫作'土头土脑的'，人们穿的、盖的是土布，过的是'土里刨食'的日子；岁数大了叫'土埋半截子'，伸腿瞪眼咽气了，叫'入土为安'。那时候，住砖瓦房的全屯不过三四户，绝大多数人家都是住土房，垒土墙，土里生，土里长，风天吃土，雨天踏泥。"

回忆经过思想和情感的滤过，"泥土"成为主要的、影响深刻的形象。这是一个有意味的象征，一个附着了"意义记忆"和"情感记忆"的记忆，这以"泥土"开篇的回忆，显示作者意念的"返回"和"反刍"，不忘泥土。

出泥土而接受乡土气息与乡土文化；文章济世不忘"土"。土者，乡土文化、传统文化，乡土即人民情怀也。

中国几千年的农业生产与农业经济，产生了中国的具有特殊文化传统的"乡土社会"—"乡土文化"，它以乡土经济为基础，以儒家文化和民间文化的结合为灵魂（儒家文化以通俗形式进入社会学所说的"小传统"而深入民间，根深蒂固），对乡党加以文化养成和奠定文化心理结构的滥觞。"乡下孩子"就这样成长着，形成自己最初的世界观、人生观和文化心理结构。许多人日后变化了，实现了文化转换。有的人甚至背叛——我曾读到过几个因腐败犯罪的省部级领导的忏悔心声录，他们出身农村，家境贫寒，应该是受过淳朴乡土文化的熏陶，至少是熏染的，但是后来背叛了；到忏悔时，痛诉往事旧情，批自己忘本。

王充闾日后亦实现了这种属于他的高层次的文化转换；但他未曾"遗忘"，更没有"叛变"，心灵深处却遗存着乡土气息和乡土文化，以至现今回忆往事，仍然记忆犹新，能够栩栩如生地描述，说明历历往事，深刻记忆，保留为心中甜美的沉淀。这成为他的创作的良好传统根基和乡土情结。所以说："乡土即人民情怀。"这是很可宝贵的作家心态。

从"记得青山这一边"到"狐狸岗子"再到"泥土世界"，构成一个"王充闾的故乡"。每一个作家都有他的"故乡"，鲁迅有他的绍兴鲁镇，沈从文有他的湘西"边城"，萧红有她的呼兰河边的呼兰；外国作家中，列夫·托尔斯泰有他的亚斯纳亚·波利亚纳，福克纳有一个被他称为"邮票那么大小"的约克纳帕塔法县，马尔克斯有他的马孔多，大江健三郎有他的北方四国森林，杜拉斯有她的湄公河岸……王充闾也有一个属于他的盘山县——狐狸岗子。他目前尚未创作小说，一旦写小说，"盘山县里狐狸岗子"定会出现，以它作为环境背景，以及那里的"曾经的社会和生活"。现在，虽然小说尚未出现，但散文中，已经隐然或公开存在了。

啊，作家的故乡！

这个故乡，和作家的心灵故乡是相通的。

2.母教

母亲有言："一不当蝗虫，二不当蛆虫。"这是基本的价值观与人生观的教诲。

这一教诲具有很深的意义。"蝗虫""蛆虫"，都不能当，这是基本的为人标的，也可以说是一个高标准。因为在人生高层次意义上来要求，"蝗虫"和"蛆虫"，不一定就是闹得那样"蝎虎"，只要无所作为，一生碌碌，就有点此"二虫"体性了。

母教是中国伦理文化中重要的内容，也是中国传统文化中的宝贵财富。一是我们向来看重母教，二是传统母教起的作用特别大。这大概是因为母教与慈爱紧相连，慈爱与教诲混为一体，所以影响深远。传统母教中，流传着孟母、岳母的事迹和传说，则是"母教的母教"，对中国的传统母亲影响深远，既影响了一代代母亲，也培育了一代代有出息的子女。王充闾也是其中的一位。

而且，其延伸义，具有现代意义。现在，即使在官场，这种王氏母亲谆谆教诲儿子不要去当的"蝗虫"和"蛆虫"还少吗？

作者老而不忘慈母的幼教，足见心理刻印之深、心灵影响之大。即此一点，这位母亲就是一位可敬的孟母类型的母亲。

读他人，想自己，追忆我幼时的母教，一是母亲常常向我念叨"忠厚传家久，诗书继世长"这副家中厅堂的楹联，"忠厚""诗书"，在我的心灵中，刻印深沉；二是，大概因为我是幼子，有点娇生惯养，在兄弟和小朋友中，好拔个尖，母亲没有批评，却总是有意对我表扬我的二哥，称赞他是"孟尝君"，"门下能养食客数千"。第三样事情印象最深，母亲常常玩笑地说："我仔莫不是个'秋白梨'？"吾家南国多"秋白梨"，长相洁白秀丽，但奇酸无比，不可食。母亲以此教诲其子勿沦为"秋白梨"——表面清秀内里孬。此幼教，至今铭记不忘也。

3. 母系

母系有艺术素质传统，有满族文化的遗传。此亦颇可贵。

母亲很不简单，称得上是民间剪纸艺术家。你看她的剪纸艺术作品，作者有几段介绍，先是一般提示满族剪纸的艺术特色："满族剪纸，在艺术上具有本民族特定的语言和风格，有'无字天书'之美誉。就其文化渊源来说，它属于氏族社会形成文字之前，远古风情的形象记忆，折射着一个民族的充满原始意味的图腾文化信息。"而后，就是母亲的剪纸艺术创作的风貌了。

她的作品……里面以人物为最多，大别之有三类：一是各种神祇，有头戴尖盔、手持利斧、胸围阔大、勇武有力的天神与山神，旁边分布着熊、狼、虎、豹，衬托其威武，或者作为猎物。有的羊角、人面，头上点缀一些叫不出名字的装饰。二是千手观音，头上站着神鸦，十几只手同时举起，每只手上各托一只朱鸟，双脚踏着双头双尾的蛇轮。三是形形色色的祖神，也就是女神，或者叫母亲神。萨满文化中崇尚女神，其中有盗火女神、创生女神、百谷女神、争战女神，还有什么柳树妈妈、佛陀娘娘、泰山奶奶、娲皇老母；而最多的是各种各样的生殖女神，有的腰围肥大，乳峰高耸，双脚叉开，旁边是九个拉手的娃娃。母亲所剪的嬷嬷人儿，都是身着旗装，头梳高髻，或者顶戴达拉翅的满族装束；人物正面站立，两手下垂，手和手相连，五官一律阴刻，鼻子为三角形。

这些作品，完全可以看作是民间剪纸艺术的优秀作品。内容和形式，有民族特色，有艺术个性，有思想寄托，有生活祝福。

这种母系的艺术禀赋，自然会遗传给后代。

从谱牒学、优生学的角度来稍稍细究，王充闾的父系与母系，均是"颇有来头"的。

仅从母系说，爱新觉罗皇族、满族世家、大家闺秀、家传黄马褂、顶戴雕翎，还有八股文试帖……看，皇族的世系，满族的民族性，家庭的教养、性格养成以及艺术素质的禀赋，等等，都是遗传因素和家教渊源。而且，"母亲个性刚强果断，自尊心强，端庄稳重，有一种不怒自威的气质"。这又是一种母性的人格魅力了。

一个人，或者说一个人才，就是这样从遗传因子开始，一步步这样走着、成长着。重要的是，家庭是个起跑线，很重要，"靡不有初，鲜克有终"。

4. "童年镶嵌在大自然里"

"童年镶嵌在大自然里"——自然的养育——是东北大地（狐狸岗子）特殊地域的自然养育。作家对家乡自然的印象和眷爱，是其创作活动和作品基质的重要元素。

"童年镶嵌在大自然里"，这一点非常非常重要，意义重大。儿童与大自然有一种天然的契合，天然能够陶冶儿童的心性；儿童又能系童心于天然。童心天真系自然，颐养心性育真纯。山水林田，花草树木，蓝天白云，飞禽走兽，把自己的童年"镶嵌"在其中，那是怎样的一种天然情趣和氤氲气场；尤其大荒乡狐狸岗子，旷野广袤、草木繁茂、野物出入，荒僻而大气，冷峻而肃然，与我熟悉的"小桥流水人家"江南景色迥异，那对儿童心性的培养，以及对他日后的文风的影响，也都是不可忽略不计的吧。

童年镶嵌在大自然里，也是大自然镶嵌在童年中，自然环境的影响，会嵌入思想性格之中。这与作者后来的寄情山水，写出优美山水游记散文，应该是有渊源关系的。

5. 父亲

这位父亲，是很可以一写，也很有可写的。

"父亲性格外向，内心的'风云雷电'，全都写在脸上。"

这是一位应该属于"耕读人家"的父亲。这在南方湘赣鄂——我所属的地区，所见多有，但在东北不多见。其性质既是农耕之家，以耕种为生活来源，但又懂诗书、通文墨，是"忠厚传家久，诗书继世长"那种类型。

从文化的传承来说，充闾的父教属于小传统中的民间文化灌输与潜移默化，但又有中国国学的传授。这后一点更重要，更有意义。对王充闾来说，也更具文化养育的珍贵意义。应该说，王充闾的国学修养，在这时候就打下基础了。幼学渊源，源远流长，这对他日后的成长意义真是很重大的。

王充闾这样描述他亲爱的父亲：

他除了经常吟唱一些悲凉、凄婉、感伤的子弟书段子，像《黛玉悲秋》《忆真妃》《周西坡》之类，还喜欢诵读杨升庵的《临江仙》词："滚滚长江东逝水，浪花淘尽英雄，是非成败转头空，青山依旧在，几度夕阳红。"再就是郑板桥的《道情十首》：

> 吊龙逢，哭比干，羡庄周，拜老聃；
> 未央宫里王孙惨；南来薏苡徒兴谤，
> 七尺珊瑚只自残；孔明枉做那英雄汉——
> 早知道茅庐高卧，省多少六出祁山！

嗯嗯！子弟书、通俗说部、板桥道情，居然还有杨升庵的《临江仙》，还有庄子等等，这是何等样的文化传输与文学训练——民间文学、通俗文学、雅文学、国学……

自从电视剧《三国演义》播出后，随着主题曲的流行，"滚滚长江东逝水"的豪唱高歌，风靡全国，打动人心，那"浪花淘尽英雄，是非成败转头空，青山依旧在，几度夕阳红"的意境，历史感丰厚沉郁，发人深思，感动了，也启迪了多少现代人。这种蕴含沉郁深挚历史感的诗句，幼小的充闾，就受之于父教了，即使是少不更事吧，潜移默化中，也是得其心意之蕴藉的。这与他日后的历史文化散文的创作和成就，是不是有一种渊源关系呢？研究者于蛛丝马迹中，该是可探其微的。

至于这里提到的子弟书《黛玉悲秋》《忆真妃》，我也是很欣赏的，真是雅俗结合、情真意切、动人心扉的诗性作品。

我也很欣赏这《道情》最后的几句词："孔明枉做那英雄汉——早知道茅庐高卧，省多少六出祁山！"

这里含着颇为深沉而朴素的人生哲理："茅庐高卧"与"六出祁山"对称—对立—相比，从一位蛰居乡野的乡村知识分子的立场来说，过着耕读生活，平安度日，躬耕课子，茅庐高卧，是比争胜好强、建功立业要更具人生意义的。

读到这里，想起小结一下。

王充闾的回忆与陈述，令人想起《荒原》作者艾略特的话："在迈向未来时，继续在精神上与自己的童年以及民族的童年保持着联系。"——这可以用来解读今日之王充闾心态及他的作品。

还有美国历史学大师、九十岁完成世界名著《从黎明到衰落》的作者雅克·巴尔赞的话："机缘也是助我成书的一个因素：家庭背景、生活时代和出生地塑造指引了我的写作。"

这三样——家庭背景、时代和出生地塑造，也指引了王充闾的写作，也造就了他的文学成就。这里特别突出的是他的"出生地塑造"。

还有德国共产党的创始人、国际共产主义战士，工人出身的台尔曼，在希特勒制造的"国会纵火案"中，蒙冤入狱，他在法西斯的监禁中，写下了他的《台尔曼狱中遗书》，其中写道："德国历史，童年时代的磨炼，对人们生活过程的观察，唯有这些才是我的导师。"我以为，这里提到的三条——祖国历史、童年磨炼、对人们生活过程的观察，也是适用于广泛大众的，当然也适用于王充闾。不是吗？国家历史、童年生活，还有对现实生活的观察，这样三条，影响了、塑造着人们的世界观、人生观以及一切的价值体系和行为准则，当然还包括思想和创作。王充闾少年时代，正处于20世纪40年代到50年代初期，这个时期的"中国历史"，加上他自己的"童年的磨炼"，再加上他对狐狸岗子及其周围的"人们生活过程的观察"，唯有这些，才成为他成长的导师。

6. 老哥俩

父亲与魔怔叔，这是两位蛰居乡野的老哥俩，但绝不是普普通通的乡村野老。他们居村事农，但是知书识礼，文化修养很不一般。他们既掌握一定的民间文化，又通晓应该是属于国学系统的知识学问。这哥俩加上刘老先生，可以说是在荒僻之地的狐狸岗子构筑了一个可贵的"文化岛"，它是荒野里的孤岛，却在精神上联系着外面的世界。不过他们居乡而不羡公侯，农耕而乐为村夫。王充闾父亲的这首和前人的诗作，是颇有意境的：

> 不羡王公不羡侯，耕田凿井自风流。
> 昂头信步邯郸道，耻向仙人借枕头。

诗的后面，他还加小注云："阮籍有言：'布衣可终身，宠禄岂足赖！'"可见其心地是不鄙布衣、不羡宠禄，有名士气节、隐士情怀。

这种父辈的潜移默化，应该会对充闾产生影响吧。

父亲后来由于家事蹇滞，常借酒浇愁，诗作意态缱绻抑郁。我试集王国维句以赠，不晓得合不合适：

> 为情困酒易怅怅，

回避红尘是所长。

还有值得注意的一点，童年时，小充闾还曾经听父亲唱过一个名叫《扇坟》的子弟书段子，讲了庄子警世的"扇坟"故事，让他第一次听到庄子的名字。后来，父亲去河北大名府探亲，路过邯郸时，还买回一部扫叶山房民国十一年（1922）印行的四卷本《庄子》。小充闾参照里面的晋人郭象的注释，读得十分认真。

这是王充闾初识庄子。于是想起他后来的名著《逍遥游：庄子传》，试诌几句打油咏之：

童稚得识庄，渊源久矣哉；

日后撰庄传，幼教灵犀在。

7. 刘老先生也来了

请到有"关东才子"之誉的刘璧亭先生来教学，这是一个跃进。当时，在日伪统治下，读的是伪满"皇帝"溥仪的《即位诏书》《回銮训民诏书》和《国民训》等伪国顺民的糟糠，思想中毒，文化上受害。而刘老先生教的却是《三字经》，接着就讲授"四书"，从《论语》开始，依次地把《孟子》《大学》《中庸》讲授下去。

这也非同小可呀！从消极方面说，避开了伪满洲国的教育，如果上"官学堂"，就避不开殖民教育；而师从刘老先生，却读到了《三字经》以至《论语》等等，中国传统文化的精粹在养育未来的精英。

从《三字经》到《论语》是一个跳跃，从国学基础跳到国学高层，从启蒙跃到"进学"，一位学者型作家就这样在"酝酿"中，也是被塑造中，亦是被培养中。

这里，少年王充闾所学，已经涉及国学基本。这很重要、很有意义——在文化上、思想上和人格的进取上的意义。我把国学（我更愿意采取"现代国学"的说法）分为高低、雅俗两个等次，高雅者，"四书五经"等，低层次、通俗者，把《三字经》《百家姓》以及《龙文鞭影》等都算在内。少年王充闾这时所学，是"雅俗兼及""高低同研"的。这是一个很好的文化雅驯基础，对王充闾日后的成就具有重要的作用。

8. "童子功"

啊，了不起的"童子功"！这童子功是国学的基础功、基本功，是作者日后文学成就的基础，知识结构的基石，是它的文学成就的基本构造，不可忽视。

他这"童子功"，可是了得，六七岁、八九岁的年纪，便读《诗经》《论语》了，还能背诵，还讲习书法。这时的传授，是比较多样的。这对后来的发展，起到了打基础的作用。作者说，儿时的他很喜欢《诗经》中的《蒹葭》，因为它"整齐协韵，诗意盎然，重章叠句，朗朗上口，颇富节奏感和音乐感"。这就是最早的文学欣赏习练和审美启迪了。对文学的兴趣，即是这样引发的吧；而审美的启迪，则是由《诗经》这样的中国传统诗歌之"祖"的高层次经典作品启动的。这都是很好的开头。

作者所说的，他这时候就喜爱《诗经》里的《蒹葭》，不知道这是不是就是他的"文学第一击""审美第一击"。这"第一击"很重要，很有意义。它是以后艺术觉醒与审美情趣的奠基与基点，有此和凭此，就日渐生长、发展，建设文学与审美的方向和路数。萧红小时候是从祖父那里学来了"两个黄鹂鸣翠柳，一行白鹭上青天"，她也是喜爱那音调，那音乐的美，实际是中国古典诗歌的音韵美。连小说都带诗性的作家萧红，是否最初的那"审美第一击"起了作用？

我记得自己的这种"第一击"，是读了朱自清的美文《匆匆》，那里这样开头：

燕子去了，有再来的时候；杨柳枯了，有再青的时候；桃花谢了，有再开的时候。但是，聪明的，你告诉我，我们的日子为什么一去不复返呢？——是有人偷了他们罢：那是谁？又藏在何处呢？是他们自己逃走了罢：现在又到了哪里呢？

文章的本意，是在说时光之易逝和应该"惜寸阴"吧，但我喜爱的却是那美丽动听的排比句，和那种层层推进的述说。

从现在王充闾散文的韵味和他对于古典诗歌的稔熟，说《诗经·蒹葭》是他的"文学与审美的第一击"殆可成立吧？

反观今日之王充闾，可以见到这种"童子功"的巨大深远的意义。中国传统教育中的"童子功"，讲的是死记硬背，所以记得扎实，几乎是永志不忘；至于理解，日后成长时期中，会随着人生阅历的增长和知识学问的进益而不断扩展、不断深化，"后续劲"是很大的。王充闾今日国学修养和学术精进，得益于这种"童子功"不少。我是后进，缺乏"童子功"，长大以后的断断续续、零敲碎打学点东西，就支离破碎，可怜兮兮，比不得充闾了。

9."马缨花"下：长学问、识缪斯

这一节，实际上可视为"童子功"的继续追忆与回味。

事实是，除了刘老先生之外，父亲和魔怔叔共同参与了对幼小充闾的教育。文章写道，他们在一起谈诗论文。这种诗教，是颇有水平、颇具诗文意境的。充闾虽因年小，不能完全领会，但耳食之言，也收到熏染之效。更重要的是，这时已经在念习"四书"、《诗经》之后，接着，依次讲授《史记》《左传》《庄子》，以及《古文观止》和《古唐诗合解》了，并且强调要把其中的名篇一一背诵下来。王充闾日后的博学强记、具有令人惊佩的背诵古诗文的能力，就是在此"童子功"的基础上奠基的。

尔后，就练习作文和对句、写诗。直到结业前，先生出上联："歌鼓喧阗，窗外脚高高脚脚"，他能见景生情，对出下联："云烟吐纳，灯前

头枕枕头头”。聪颖与文采已经锋芒初露了。

马缨花—对对子—童心！优美地渐入佳境！文学的意识和心境滥觞！

私塾读书苦，枯燥受拘束；但是，生灌、死记、硬背，却能接受知识与学问的远后效应。这样的童年是枯苦的、寂寞的，但又是惬意的、幸福的、助人成长的。有这样的童年，方有后来的王充闾。

因为，教书先生很不一般，有“关东才子”之誉，国学功底深厚，还做过县里的督学和方志总纂，只是因为不愿为敌伪效劳，才困居乡村，息影山林。学问上等，经历不凡，这样的老师，同一般冬烘先生教书匠相比，是有天壤之别的。王充闾说，他从六岁到十三岁，“像顽猿箍锁、野鸟关笼一般，在私塾里整整度过了八个春秋”，“苦读”情状，难以缕述。但是，他回顾总结，说道：“经过数十载的岁月冲蚀、风霜染洗，当时的那种凄清与苦闷，于今已在记忆中消融净尽，沉淀下来的倒是青灯有味、书卷多情了。而两位老师帮我造就的好学不倦与长于思索的良好习惯，则久久坚持，数十年如一日。”

“青灯有味、书卷多情”，这是多么令人深思而回味无穷的况味呀！难怪他以感慨无端，深情笔触，写下这样的文字，来反刍和纪念那段难忘的少年求学岁月：

“少年子弟江湖老。”六七十年过去了，无论我走到哪里，那繁英满树的马缨花，那屋檐下空灵、清脆的风铃声，仿佛时时飘动在眼前，回响在耳际。马缨——风铃，风铃——马缨，永远守候着我的童心。

赏马缨，听风铃，读经书，习写作，童心之外，更有学识的增长，还有与缪斯神的相识。一位未来学者型作家的雏形，在此时酝酿、滥觞。

这节关于马缨花的文字，颇有散文韵味，淡雅隽永。

我在拙作《创作心理学》中，曾提出“人生三觉醒”的范畴。意思是，每个人，大体都在幼年和少年时代，先后产生三个觉醒：性觉醒；人生觉醒；艺术觉醒。而且这"人生三觉醒"，都会随着年岁的增长、社会的发展、时代的变化，而发生一再的"再觉醒"。少年王充间这时已经产生艺术觉醒了，以后还会有多次的再觉醒。

10. 魔怔叔正式登场

在前面已经多次与这位魔怔叔邂逅，现在，要正式与他相识，揭示"庐山真面目"了。

这是一位大人物，一位至关重要的人物。"王充间的诞生"，他不可或缺，他是最初的引路人，人生和文学的引路人。"出生地塑造"，他是主要的塑造者。

他的重要性，不仅在于使小充间能够"多识于鸟兽草木"，更重要的是在为人处世方面的影响，可以说他既是知识学问的师长，又是人生导师。刘老先生是"国学深厚"，魔怔叔则是"杂学丰富"，在知识学问方面，刘老先生略胜一筹，而在人生历练方面，魔怔叔则在刘老先生之上。不仅他们的传授使学生获益，而且在人生抉择上也给予影响。这一切均在王充间少年时期发生，应该说是人生的基本功，打底子的性质。影响是既深且远的。

魔怔叔可以说是翻过筋斗、经过世事的人，四十年华，在那个战乱时代，就算是一大把年纪了。他把世事看得很透，但是消极面居多，难免消沉厌世，但这对于少不更事的小学生晚辈来说，其渗透力是微弱的，可以不计的。

他真是一位可以进入小说的人物，很有特点。

这类乡村知识分子，为传统文化所装备，生根乡村，立足乡野，文化心理上却是一种"寄寓"。他们身上有一种"乡土气息"的儒家传统，实际上在农村传播着文化，培育着后辈。王充间与魔怔叔属于这种关系。

中国现在的农村，急剧向现代转换，已经很缺乏这样的乡村知识分子了；耕读和"茅庐高卧"，就更不可能了。在新型城镇化的过程中，需要考虑和解决这个问题。

魔怔叔和刘老先生，对于王充闾的成长，应该说是"有功之臣"。他们的作用，重要的是在文化传输方面，是积极作用。人品方面，总体说，也是不错的。但是用世俗的眼光来看，他们被讥评为"魔怔"，缺点问题也确实不少。刘老先生呢，不说其他，也不问原因，他确实抽鸦片，即吸毒。这些，又是不容于世的。人是复杂的，社会是复杂的，只用好坏两分法来论人，的确简单化了。试设想，他们若是长寿，日后的命运会怎样？……

很显然，王充闾这时已经具有明确而方向正确的人生觉醒了。

11. 子弟书与"子弟书下酒"——饯别会

子弟书，雅的民间文学，民间文学的雅文化成就。它的熏陶，既是民间的、文学的，又是雅文学的、雅文化的；这个熏陶与"民间国学"的结合，构成作者的"高雅文化—民间文学"的知识结构与"文学训练"。很重要。

这个以子弟书为媒介的兄弟饯别会，是一次乡间野老的高文化的饯别，也是乡土文化的一次有意味的展现，留下了文化的余香与余绪，影响及于后一代。

子弟书是东北文学的一枝花，也是满族文学——更准确地说是满汉文学结合的一枝花。它的带着浓重的民间文学质地和气韵的艺术品性，交融着雅文学的神韵，表达顺畅而脱俗，充满民间生活和民间语言，又不乏雅致的文学语言，二者融会结合、水乳交融，特有一种韵味和引人的力量。

12. 嘎子哥的影响与"影响消失"

嘎子哥，少年的朋友，淘气的伙伴，童年影响不小，后来却都消失了。那是一颗少小世界中的流星。少小友善老大离，人生途路各东西。文化的分野带来人生的殊途，人生的殊途导致文化的分置。不过，各人有各人的人生和人生意义与生命价值，不可比。让我们祝福嘎子哥！

小充闾和嘎子哥两个小兄弟、小朋友，少小友善，长大"分道扬镳"，各有前程，鲜明地表现了个人心性的不同，导致发展途路和人生境况的迥异。这既透露了"七分天"的不同，又显示了"三分人事"的异途。王充闾是兴味盎然和顽强地向着文学这个他幼小心灵中具有妩媚之丽与力的"香草美人"去了。其寄望之切，用功之勤，心力投入之深，非同一般。而嘎子哥就别有所衷，向着别样的道路去发展了。这里，有两个"选择正确与否"的问题。一个是家长是否把握好并顺着子女的心性爱好去着意培养；一个是自己能否认准自己的心性所向，而有意努力为之。从王充闾来说，这两个方面的选择，都是正确的，所以成功了。

这种各人资质和心性不同，导致人生选择和发展道路的不同，最突出的例子，是鲁迅和胡适。说起来很有趣，我且举一二例。比如，他们两人都在十一二岁的年纪上，读了一部历史读本，鲁迅读的是《鉴略》，胡适读的是《纲鉴易知录》。鲁迅读后，几乎没有产生什么值得一说的影响；而胡适读后，却引发对历史的浓厚兴趣，接着便读《资治通鉴》，更在十一岁的小小年纪，就编了一个《历代帝王年号歌诀》。这个"工作"，被他自己称为"可算我'整理国故'的破土工作"。鲁迅和胡适小时候都接触到民间迎神赛会，看过社戏《目连救母》，也都看过《玉历钞传》这本宣扬阴间鬼神和善恶报应的书，鲁迅由此在心中产生了一个自己的想象中的"鬼神世界"，从此喜爱身处阴阳两界，专管死生的、鬼而人、人而鬼、鬼而情的"无常"，更欣赏长发白衣带着恐怖之美的复仇女鬼——女吊，并在自己的作品中，深情地描述其动人形象。而胡适怎么样？他吓得疑神怕鬼，对生死产生无奈和忧虑；直到长大，读了范缜的《神灭论》，才心中有了无神论，得到精神解放。看看两人的心性有着多么大的不同。这就是作家和学者的心性的巨大差异。

现在，做父母的如何根据子女心性资质的不同，因材施教，以及每个人自己如何依据自身的条件，来选择发展路途，可以从以上王充闾和嘎子哥的实例中，以及鲁迅与胡适的突出"历史个案"中得到启发。

13."草根诗人"：遗传因子与后天习得

作为"草根诗人"（我更喜欢说"农民诗人"）的父亲，其父训是双重的：文学的和为人的——包括"文学地'为人'"。

一、以子弟书的文学质地为根基，以古代诗词为附丽，这种文学修养，既有高雅文学的熏陶，又有民间文学的灌输。其对少年王充闾的影响，是前者为主、后者为辅。但成长起来的的王充闾日后的文学—文化进益与修为"倒过来"了，高雅文化成为根基，民间文学则转为附丽了。这在他日后的创作中有所表现。

二、为人：正直、本分（身份确认）、"为创作而创作"，著述不为稻粱谋，也不为名利累，抒发襟怀而已矣。这里既有为人之道，也有为文之道。这是正确价值观的传输。王充闾则在此基础上升华了，提高了。

这里又出现庄子。看来少年充闾与庄子结缘甚早，且数度邂逅，留下了最初的也是刻印颇深的早期印象，这与日后撰写庄子传不能说没有渊源。

14.关于嫂嫂和碗花糕：人间挚情

这人间挚情，充满了中国味，是中国传统文化的范例之一。作者为此写过挚情之文。它的意义，不仅在于文学，而且在于对中国传统文化的回溯与追忆，足可引起今日世人的警觉。——不过此处就王充闾的成长来说，就是在其心灵中种下了"真与善"的幼苗。

这种亲情之真挚与深沉，是中国伦理文化的可贵品性。中国向有长兄若父、长嫂似母之说。旧时人家，子女众多，长兄幼弟年岁之差相当大，长兄大嫂往往有这种作用。这种伦理文化是中华文化中的感人之处。

这位嫂嫂表现了中国农村妇女所葆有的传统伦理文化的美好精神与品格。她善良、质朴而重亲情，视公公、婆婆如亲生父母，故能待幼弟如亲子，呵护、照顾有加。她虽因丈夫故去而改嫁，但仍视婆家如自己家，不改旧时情。这种良好的亲情，给予小充闾一种温馨与惬意，留在了他的幼小心灵中。这是他的创作心理构造中早期的生活记忆和情感记忆，是善良、温情的幼苗。

由此才产生了作者后来的挚情抒情散文《碗花糕》。

15. 从《哭灵》到《文化性格》：乡土社会与乡土文化

这是从第二十四节到第三十节的内容，反映了从狐狸岗子到盘山县以及可以望见的高升镇的乡土社会的状况和乡土文化的状貌，读起来都是很有意味的。主要是感受到了那个时代，那个历史时期的这块"冻土地带"的社会性质和文化质地。

费孝通写过《乡土中国》和《江村经济》，那都是中国南部的情形；今读此处所写，则是东北地区南部荒野里开发时期不很长久，经济和文化都还带着原始蛮荒的遗存，和费孝通所写，是多么的不同啊。无论是哭灵还是猎鹰，还是土特产和"绺子"，以及押会，直至汇总性的"文化性格"。在在不同，处处相异。这里主要反映了这块在经济上和文化上都属于"新开垦的处女地"，也带着蛮荒野气的乡土社会和乡土文化，如何养育他的"文学的子弟"、作家王充闾。

大概可以推断，如果没有那个由他的父母亲和魔怔叔、刘老先生以及他的有文化的亲属所构筑的荒原上的"文化岛"，在他幼小的时候，就灌输了富有高智能文化滋养的中国传统文化，其中包括高层次的国学基本经典，是不可能产生日后的作家王充闾的。产生了，也会大大不同于出身于南方的学子。

我感觉，这里描写的狐狸岗子以至盘山县的乡土社会与乡土文化，虽然与以后王充闾的作品没有直接的联系，但是，其作品的选材、风格，是潜在地有着"出生地塑造"的影响的。而更重要的是，王充闾日后对于中国社会的了解，对于历史的掌握，对于人物性格的分析，都与他这个时期对于故乡的乡土社会、乡土文化的理解和记忆有关。当然，它们是潜在的、隐形的、自觉或不自觉的。

那个西厢房的房客的故事和他的几块大洋的遗留以及母亲几十年等候

他来取，都是很感人的，也是那个地方的乡土社会和乡土文化的出色表现。至于那个老榆树被眼看着烧死的情景，令人深思，而作者的那段描写，颇有鲁迅的《故乡》《风波》的风韵——白描、真实、质朴、深沉。

有一件很小的事，给我留下了深刻的印象：一天傍晚，"罗锅王"门前的那棵半枯的老榆树起了火，烟雾弥漫，呛得围坐在一起纳凉的人们一个劲地咳嗽。任谁都叨咕，这烟实在呛人，却又谁也不肯换个地方，更不想拎桶水来把它浇灭，尽管不远处就有一眼水井。

连那个说故事的，也被呛得咳嗽起来，随口插上一句："哎呀，这棵树烧完了。"旁边有谁也接上说："烧完了，这棵树。"

听不出是惋惜，还是惬意，直到星斗满天，各自散去。

一年三百六十天，人们就是那么因循将就，得过且过。

对于作者来说，这件事给他留下了深刻的印象，以至现在他还记得，他还真实地活灵活现地写出来了。这正证明了前面所说，他所拥有的具体的乡土社会与乡土文化对于他与他的创作的影响。

16. 艺术觉醒的开始

处女作《花云》产生了。前面说到对中国传统社会，尤其乡村社会，又尤其是东北乡土社会，以及乡土文化的了解，对于这些的了解，是一个作家成长必备的与优厚的条件。他具备了。中国是一个乡土社会，中国的乡土文化是中国文化的根基，中国的基因——文化的DNA。

现在，他是要表现，要"出手"了，老师命题，学生作文。

当时，很费了一番脑筋。后来琢磨出一个思路，用现在的话讲，运用了联想（其实，这里面也有思辨）。我把郊游中看到的梨花景观，同我外祖父家的梨园做了比较。我讲，外祖父家的梨园是在平地上，我进入里面，感觉像是穿越花海；而郊游中看到的梨园，却是在一个丘陵坡地上，站在下面往上一望，仿佛是一片花的云霞浮在头上。所以，我的题目叫作《花云》，写了有五六百字。卷子交上去后，我就注意观察先生的表情。他细细地看了一遍，摆手让我退下。第二天，父亲请先生和魔怔叔吃春饼。坐定后，先生便拿出我的作文让他们看，我也凑过去，看到文中画满了圈圈，父亲现出欣慰的神色。

他运用了比较、联想、比喻等艺术手法。

这是他人生觉醒的发展，其中也包含不自觉的"艺术觉醒"的因素。

《花云》则是艺术觉醒的开始和表现。

一个未来的作家，就是这样在成长。

17."命名"

"充闾"的由来。

这是人生之旅中的重大事件。

"命名"——可以有海德格尔关于语言是对世界的"命名"的意义。

"充闾"之名的来源，不仅有《幼学琼林》中的"子光前曰充闾"，而且有《晋书》中的"充闾之庆"，更巧的是他家就在医巫闾山脚下。这里储存的信息多多，可以试用《易》学的推衍来予以解析。科学与不科学皆有，那会是很有趣味而又具有意义的。

18. 小妤姐——"绿窗人去远"

这是本书比较少见的"情感篇"之一，写得朴素无华、情意缱绻而颇含蓄；本来就是"青山隐隐水悠悠"的事，不宜多诉明说，但少年情感的丝缕，历历可诉。

这是真实的生活，却有似戏剧小说，两小无猜的儿女，相处了若干年，有一种朦胧的情愫，对年龄稍大而懂事了的女孩来说，意识更明朗一些，但尽在不言中，临分别，为之整理好读过的书籍，留下了临别赠言，情真意切，却朴素无华。事情到这里，都还一般，"诡秘"而动人的是，二十多年以后，那个男孩已经由幼小无知，进到成家立业的中年岁月，才无意间打开尘封多年的书包，这才发现了那张字条，写得很朴素而又真切：

> 我要走了，也许以后我们再也不能见面了。
> 嘱咐一句话：你太淘气，闹了几次危险了。

略加品味，我觉得有点诗意。

记得年轻时读过一本艾青写的诗论著作，其中举例说，他一次在一个印刷所看到一位工人在黑板上的留言：

小伟
别忘了那自行车

艾青说，这就是日常生活中的诗。如此说，小妤姐留给王充闾的字条——临别赠言，也堪称诗，而且比那黑板上的留言更具诗意，看了很感动人。

胡诌打油诗一首：

> 两小无猜情缘在，缘路阻塞两分开；
> 鸿雁纷飞各西东，雪泥鸿爪怨命乖。

"姻缘前世定"，这种迷信的天命论里含着科学的因素，所谓命定，实际是社会、生活、时代、家庭等等因素的综合力量，形成了个体表现的"命运"；"前世"也者，"今生"的"命运"表现而已。记得鲁迅年幼时，也有与表姐的一段动人情缘，为母亲的"八字不合"而断缘。据说，表姐青春离世，诀别时喃喃哀语："周家为何不来提亲？"

现在，这种事情已经永远结束了。在人的情感篇上，这是好还是坏？

这是一段很美好的少年记忆。少年时代的情愫、年华远去的回顾、人生际遇的刻痕，是一种生活印记和心理情结，它们都是创作心理的基因。作家情感世界和理性世界的碎片。

联系到父亲、母亲以及他们的教诲，还有嫂嫂的亲情，等等，这是一种伦理情感的积累。大凡作家在成长过程中，总要进行生活积累、知识积累、心理积累、情感积累（情感积累尤其重要，是创作心理要素之一），即创作心理学中所谓的"作家的生活学"。王充闾在这几个方面，都是"积累丰富、准备充分"的。这是他的文学成就的基础和前提。

有朝一日王氏写小说，在事实基础上想象虚构，定是精彩篇章。

19."淘书"知读书

看其所淘，知其所读，其中不少国学基本。这是这位学者型作家—作家型学者的基本功，也是学养。非一般所能。现在这样的学者少，这样的作家就少而又少了，几乎可谓绝迹的吧？呜呼！

这时候，他已经涉猎"十三经"和《史记》《汉书》《资治通鉴》等经典了。现在，又挑选了这样一批古籍：《渊鉴类涵》《纲鉴易知录》《贞观政要》《韩文起》《朱子语类》《涵芬楼秘笈》《秋水轩雪鸿轩句解尺牍合璧》《词综》《李太白诗文集》等四十种左右，还有十二册铜版的《金玉缘》和一部《容斋随笔》。这是很丰富的国学著述，能够在这个年纪就阅读这些古籍，还浏览了笔记小说之类的名著，既是国学修养，又是文学修养，二者融会贯通，像阳光雨露一样，浇灌滋润着一个向学成长的少年心灵，养育他的智性成长和灵感思维，为日后成就的取得，奠定了坚实的基础。

章太炎有"经学即史学""子学即哲学"之说，据此，王充闾的经学知识，既是经学的，又是史学的。还有一种说法，即所谓"刚日读经，柔日读史"，这好似说的"阅读选择"吧。我现在借来一用，意思却是指经史的内涵性质。就是说，"经"是刚性的，是哲学的、理论的、理性的、说理的、论证的；"史"是柔性的、讲述性的，是讲事、说人、讲故事的，是情感性的、抒发性的。但二者却又是汇融一体的。王充闾涉足经史，就二者皆获，刚柔兼得，对他日后的为文起到很好的作用。"经"使之具有理论、理性、哲理、分析与评骘，有"骨"；"史"使之具有史实、故事、事件、人物，有"血肉"。经纬结合，纵横捭阖。

回顾和纵观王充闾的学养基础，国学是突出的奠基石。

我觉得中国作家，具有国学的修养，对其成长和成就作用至巨，王充闾日后的文学成就即是明证。他的文章的厚度与深度，皆得力于国学的根基。中国文化向来文史哲不分，所谓国学，即文史哲皆在其内。作为中国作家，了解了国学，在一定的程度上打下了国学基础，就能够使自己的作品在历史知识、文学知识和哲学思维上具有优势，从而使文章内蕴深厚，有读头。王充闾即是如此。老一辈作家中，鲁、郭、茅，都是如此。中国的"新文学作家"，了解国学，掌握国学，至关重要。一般的状况是，成名的中国当代作家，在取得一定成就后，也都渐渐学习国学，了解国学，并有一定的成绩，有的还比较突出。不过现在的网络作家们，似乎不在此列。

中国作家掌握国学的好处，就是可以使自己的作品，具有中国气派、中国韵味，那是很有文学气韵和文化底气的。

20. 每一个人都在文化选择中成长

王充闾在淘书中，显示了他的文化兴趣和文化眼力，这是一种自觉性的文化选择。

每一个人的成长，都是在文化选择中进行的，有什么样的文化选择，就会有什么样的人，甚至应该说，整个人类也是在文化选择的途中日渐成长的。在拙著《文化选择学》中，我从人类成长到个体（每个人）的成长，论述了这种"在文化选择中成长"的路径和规律。仅就个体来说，"首先是文化选择人，文化烙印于人的身上，从机体到心灵；然后，是人凭此以选择生活方式、生活目标、行为规范等等；正是在这种文化选择中，他进行这种自我塑造，也是为文化所塑造"。

王充闾的成长，也是循着这个路径一步步走着的。首先是他的父母和亲人、师长以"文化的眼和心""选择"他这个儿子和亲属、学生，这就是他的父母对他的家教和谆谆训诲，比如母亲所说的"不做蝗虫和蛆虫"就是。这种选择，客观上就是塑造。而后，就是小充闾自身的主体性文化选择，比如他记住了父母的教诲，记住了父亲所吟诵的子弟书，记住了魔怔叔和刘老先生的种种文化教诲和传授；现在，则是在淘书中的文化选择。他就是这样一步步在文化选择中成长的。

值得注意的是，他的这种从幼年到少年时代的文化选择，其文化性很浓重，其文化质素比较高，是在前面所说的他的家庭和师长所筑成的"文化岛"上所做的文化选择。所有这些，都成为王充闾成长的环境条件和文化境遇，唯其有这些，才有后来的王充闾。

从以上情况可以看到，王充闾是如何一步步正确地进行了他的文化选择，因而得以一步步"胜利地前进"，一步步走向作家—学者的坦途。

21. 试做小结

至此，我们可以小结一下了。

马、恩在他们早期合著的《德意志意识形态》中就说过："一个人的发展取决于和他直接或间接进行交往的其他人的发展。"又说："总之，我们可以看到，发展不断地进行着，单个人的历史绝不能脱离他以前的或同时代的个人的历史，而是由这种历史决定的。"这些话落实到王充闾，就可以说，他人生早期的发展，被他的父亲、母亲、嘎子哥、魔怔叔、刘老先生，还有嫂嫂、小好姐等，这些和他直接或间接进行交往的人的发展所决定；他这个"单个人的历史"，取决于他的以前和现在与他是同时代的人，即父母、嘎子哥、魔怔叔和刘老先生等人的历史。至此为止，可以看到，他的周围人，他与之交往的人们和他们的历史，在他身上都是发生着好的作用、好的影响的，是今天常说的，是他的良好成长的正能量。用通俗的话说，就是"打了个好底子"。

幸哉，王充闾！有这样好的父母、亲人、师长和朋友。这里说的"好"，主要是指正确的人生观、价值观的潜移默化和中国传统文化的训教、传输与熏陶，还有亲情、友谊的温煦滋润。这些，都是无可选择的，是属于"七分天"中的事情，这也可以说是"命运"即中国人习惯说的"命"。父母、亲人、师长好，这就是命好。个人的发展前途，在出生和成长时期，被这种"命"所决定。这是每个人的"人生的DNA"，它既是自然的、先天的，即家族和家庭世系的，又是社会的、历史的。这些应该属于前面所说的"七分天"的系列。这一系列"好"即"命好"，是个好前提、好基础，但是，如果自己不努力，在"三分人事"上，偷懒、耍滑、不作为、没出息，那"七分天"也就白费了，糟蹋了，废弃了，好命人也就成为"一朵谎花"了。这样的事，这样的人，世上并不少哇。

前述生平，证明王充闾是"命好"的人；但是，他日后的成就，只是在这个基础上，有了以后数十年的"三分人事"的努力修为，才得到的合理的收获。

以上这些，对于作家、学者以及一般人，都是富有启发意义和激励作用的。所以，虽说是"一个人的文学史"，但实际上也还是"人生教科书"，或者说是"生活读本"。这样说来，这部文学传记的阅读面和受益者就广泛得多了。

22. 封馆与应试：新的生活与锋芒初显

时间已经是1948年了，历史的大决战已经奔向尾声，而崭新的历史时期即将来临。此时，王充闾就学的私塾馆才封馆停办，而他也才走进新式学校。应该说，是晚了一些；但他终于结束了封闭式传统教育的学习生活，而走进新的学校、新的社会、新的世界。此前的学习，传统而陈旧，但真的学到了许多知识，属于国学范畴的知识，这是那些一直在新式学校学习的学生所无法比的，是王充闾的特强项、优势，也是今后发展的定向基础。

进学考试，虽然是初涉"战场"，很陌生，但知识储备充分，其机灵劲更非同一般，已经初显锋芒了。遇到的老师也很出色，不愧为人师表。这也是学生的幸运。

现在，这样的学生不多了，或者说绝迹了，因为时代不同了；这样的老师也不多了，也几乎绝迹了，也因为时代不同了。但是，这种师生关系，这种中国式教育传统和师生情缘，还是应该保留和发扬的。

23. 望

儿子考上中学，要离家上学，母亲倚门而望。"以后你只能靠自己照看自己了。"这临别的赠言，表现了母亲的深深眷恋和牵挂。作者上路之后，途中神情恍惚地反复默诵着清代诗人黄景仁的《别老母》诗，心里很不是滋味：

> 搴帏拜母河梁去，白发愁看泪眼枯。
> 惨惨柴门风雪夜，此时有子不如无。

黄诗极好，尤其结尾两句，成为千古名句。记得瞿秋白在《多余的话》中集唐人句的集句诗中，也引过这两句诗，我也一向极为这诗句所触动，往事件件，联想翩翩。这好像是中国人的伦理感情的重载。不过，这里所写的母亲的"望"，还不只是想念的"望"，应该还有"望子成龙"的"望"。这种性质的望，她老人家是一点也没有失望的，而是子成龙、母欣慰。母亲活到九十岁，她亲见了内心之"望"的实现。

母亲还是一位坚强的女性。两个儿子，先后离去，这是多么沉重的打击，多么深沉的伤痛。但她挺过来了，活到九十岁。这种精神品格是值得尊敬的。

24. 新天地

这是学习的新天地，更是生活的新天地，同时，也是思想—文化的新天地，还是人生道途的新天地。他走出传统文化的氤氲，进入新文化天地，也是革命文化新天地。这是思想上、文学成长上的翻天覆地。

他担任班级语文课代表；他得到语文老师的赏识，而且，他从阅读和欣赏《孔雀东南飞》，"飞跃"到听石老师激情地朗诵《罗密欧与朱丽叶》，他谛听石老师以嘶哑的声音朗诵着罗密欧自杀前的那段话：

> 你无情的泥土，
> 吞噬了世上最可爱的人儿，
> 我要掰开你的馋吻，
> 索性让你再吃一个饱！

莎翁这挚情的名句，对于一个青春年少的中学生来说，定会是感动非凡、触动心扉的，而且是双重的：青春的情意萌动和文学的艺术魅惑。

他走进新文学的天地，也是西方文学经典的艺苑与审美境界。

而此前，他还有幸听到代课的富老师对于冰心的《寄小读者》的倾心介绍，而他又是那样全身心地接受，以至手抄了一本冰心的这一著作，并装订成册，成为班上传阅的"手抄本"。更重要的是富老师的着意介绍和评价："爱的经典。"

爱，与情，与爱情，这些最能触动青春少年的情感世界的永恒魅力，肯定注入了求学中的青年王充闾的心间；而中国新文学和西方文学宝典，又已经注入他的"文学的心田"。那里将会培育和生长出怎样的个人情感世界的嫩苗，是可以想见的。

这不就是性觉醒、人生觉醒和艺术觉醒这样的"人生三觉醒"的同时激起和萌发生长吗？

一个作家的心田和创作心理，其实就在这时不断地在听课和学习中成长。

接着发生的事情，是惊人的、意想不到的，但也是青年学子所无法完全理解和认识其中的深层含义与寒意的吧？——那就是石老师咯着血，倒在了"反右"的批斗场上。对此，作者没有哪怕比较详细一点的记叙，这是主观的感觉和认识，但对一个中学生来说，要能理解所有的人都是在几十年后的历史时期才能认识的"历史事件"的含义和影响，那是不可能的。

但是，这以后的时代气候，对他的影响是存在的。

总之，整个的"文化场地转换"，人生道路的转换，意义非凡，转换了发展道路，向新的方向发展、成长。

这个时期、这个年岁，他步上新"征程"，进入新生活，实现文化场地的转换，真是正其时也。这是中国民族命运和历史发展进入天翻地覆的时代，环境如此，时代如此，而传主本人又正处于成长时期、人生观最后确立时期，可以说是主观和客观，都是恰逢其时。

不过他现在，转换了，获得了，感受了，但还没有自觉意识到。

也许，这样更好些。

我读茨威格传记系列的《三作家》（写卡萨诺瓦、司汤达和托尔斯泰），得到两个传记，也许尤其是作家的传记的命题："自我塑造"和"自我写照"。读本传至此，感觉到，王充闾此时，已经进入自觉不自觉地自我塑造的时期，但不自觉的成分大于自觉的，是处于"自在"与"自为"的路口，而以自在为主，自为则是自然地在行进。以后，就越来越增加自觉与自为的成分了。一个未来作家，就是这样成长的。

至于自我写照，那么，这部"一个人的文学史"——《我见文学多妩媚》，就是了。

（硌屁股事件，是一个幽默的生活—天地转换的契机和"噱头"。）

25."年少青衫薄"

突然跳到四十三年后：中学同学，往事依依，记忆犹新，"仿佛就在昨天"。

结尾《四十三年……》是一篇自然优美的散文，含着丰富的人生与社会的内涵，读来感人至深。那最后的拥抱，自然而然，情真意深。——我读得泪液盈盈。

我感动于他们"老来不减少小情"——当年那种同学少年纯真的友情：一是，少小无猜，情意纯净而素朴；二是，四十三年付逝水，白发犹记少年情；三是，至今还"迸发"那份纯真。对中国人尤其是中老年人来说，那自然的一个拥抱，蕴藏着多少可贵的人间真情。这在当今社会是很可贵的。

记得我 1988 年访法时，在巴黎结识一位美丽的女博士，丈夫是华人。我问她："你怎么愿意嫁给一位中国人？"她回答说："因为中国人重感情。他们的大学同学、中学同学，差不多小学同学，都有来往；我们法国人，看重横向联系，一个时期，在不同地方、不同单位，有一批联系的人。"这是了解中国传统人际感情的说法。的确如此。你看，王充闾和他的小时候的同学，还这样保持着旧日的同学情。

此段文字，是本书三段"情感戏"之一，也是第三段，前两段是《嫂嫂》和《小好姐》。这三段文字，都简练而朴素无华，但真情的故事，真情的表白，真情的流露和抒发，感人至深。我还特别"想过去，看今日"，感动于毕竟"人间自有真情在"。这是人类可贵的情感质素，它可以温暖人一辈子。这是鲁迅所说的"美上之感情"，具有这样的"美上之感情"的人，才是"真人"；得到过这样的他人给予的"美上之感情"的人，应该有幸福感，是心灵中永在的温情。

这里，顺便还谈一个王充闾散文的诗意问题。海德格尔说："纯粹的散文从来就不是'无诗意'的。"前面说到的本书的三段"情感戏"，就具有"散文的诗意"；如果充闾把它们正经写成散文，定能成为"纯粹的散文"，而具诗意。

但现在，我们需要思考，他的已有散文中，在哪些地方表现出"诗意"？似乎是一个可以研究的课题。就我看到的评论，好像还没有论及这一点的专论。

还是回到作者的"文学成长"主题上来吧。

这时，他读到了，并且和同学们一起，朗诵了石方禹的《和平最强音》这首长诗。它是抗美援朝战事初起之时，发表在《人民文学》上的一首长诗，当时影响极大，全诗气势恢宏、大气磅礴、壮怀激烈。它以这样的诗句结束：

> 不许战争！
> 让无数的丹娘继续念中学第九班，
> 让刘胡兰活到今天成为劳动模范。

在周末晚会上，充闾和同学们还朗诵过一首《到远方去》的短诗，它以这样的美好而自信的诗句结束：

> 收拾停当我的行装，
> 马上要登程去远方。
>
> 没有的都将会有，
> 永远不会落空——
> 美好的希望。

他说："那时的中学生，可说是豪情激越，壮志盈怀，充满了必胜的信念。在大家的心目中，事事无不可为，一切理想都必将实现。"

这些，可是完全的"新"。不再是"诗云子曰"，不再是"是非成败转头空"，而是去战斗、去争取、去创造；也不再是杜甫、李白，而是石方禹和其他新诗人。

他由旧文学天地转入新文学天地，思想、趣味、情感、语言，都一起转换了。

现在，自我塑造的自觉性，已经大为增强了。

这里的自我写照，也是很好、很有意味的。

不过，这时，他回过一次乡里。好像是回顾过去，为了更好地走向未来。

好像是高尔基说的：感情倾向过去，理智倾向未来。他回旧乡故里，想看望魔怔叔，拜望刘老先生，但是，一个病重垂危，一个已经去了黄泉路上。多么令人伤怀感叹！但是，他们是过去的人，他们在旧社会不适应，现在，又不适应新社会。他们的已离去和要离去，也许是好事。但青年王充闾已经走出旧世界和旧生活，已经身心投入地进到新社会、新生活，并且是这个新的世界的新生力量。他的告别过去，是新的生活的彻底开始。

一切都在向他招手！

这是"自然"的文学修养与文学生活的结束。

自觉的文学生活就要开始。

《文学自传》阅读笔记

"三分人事七分天"

好一个"三分人事七分天"！我很被题记中这诗句触动。

真的，三分是人事，七分是天分、天力、天定。人的一生，就是这样过的。完全靠天？不可能。全凭己心己力，也不成。没有天分是不行的，全靠天分，自己不努力，天分也白搭。虽是大白话，却是真道理。

人的心性、天分，是有先天差别的，不承认这一点，是唯心主义；承认先天决定的因素，是唯物的。马克思在《1844 年经济学哲学手稿》中说过，"对于没有音乐感的耳朵来说，最美的音乐毫无意义，不是对象"，也就是一个"不存在"。他还说："由于人的本质客观地展开的丰富性，主体的、人的感性的丰富性，如有音乐感的耳朵、能感知形式美的眼睛，总之，那些能成为人的享受的感觉，即确证自己是人的本质力量的感觉，才一部分发展起来，一部分产生出来。"在这里，马克思肯定了人的天分的差异，只有具有音乐感的耳朵，音乐才具有意义，才存在；对于美术作品的感觉，也是如此。他特别指出，个体的人，如果具有那种能够感知音乐美和绘画美的"耳朵"和"眼睛"，他的这种先天禀赋，就会使他的音乐感知能力和绘画感知能力，一部分发展起来，一部分产生出来。至此，我们还可以延伸补充说，只有具有文学感的人，文学对他才有意义，才能够存在。

这样，落实到王充闾身上，你看，他说得多么好："我见文学多妩媚。"这就说明，他具有感知文学魅力的先天能力，文学对于他来说，不仅存在，具有意义，而且是个"香饽饽"，是美人香草，具有妩媚的魅力。这"七分天"有了，再加上他自己的"三分努力"即"三分人事"，就成全他、成就他，成为一位出色的作家了。

王充闾拿"三分人事七分天"这句诗语，来追忆、论述自己平生尤其少年时代事，看来，他就是在"人事"与"天分"大概"三七开"的比例上，来述说童年往事的。我很同意他这种认识和态度。当然，所谓"三七开"只是个概数，不是数学意义上的精确比例关系。而在"三七开"中，重点又在"三分人事"即自我努力上。

第一章　起步（1947—1958）

1. 一位未来作家的"胎息"

这是本章的第一节，即《文学自传》的第一节，所谓"胎息"，就是一位未来作家诞生前的胎息。他实际上在自觉和不自觉地接受文学讲授和创作训练。他所接受的"胎教",是《诗经》以及古典诗歌,还有古典文辞,但以前者为主,这也是少年文学爱好者所容易接受的。这给他今后的发展,奠定了一个"艺术性基础",既是文学和文化的基础,又是艺术趣味的基础,以至创作心理的基础。古典诗词和文辞成为他之后的创作心理构成的强项和作品的亮点,不是偶然的,是"童子功"和"少年功—青年功"筑成的。

他这时诵读过的书目,是相当可观的:"四书"、《诗经》之后,依次有《史记》《左传》《庄子》,以及《古文观止》和《古唐诗合解》,而且先生要求他把其中的名篇一一背诵下来。接着,就练习作文和对句、写诗。此时他十二岁。

这个"童子功"的内容是相当宽泛的,文史皆备,诗歌文辞齐全。这为王充闾日后的成长打下了坚实的国学基础。

书中还写道,先生为他认真仔细地讲析《古唐诗合解》,并且具体而微地分析、诠释了杜甫的《宿府》,讲解了对仗、韵律和"诗眼"("独宿")。这是很有学识水平的讲析,也是文学欣赏和创作的训练。诗中"已忍伶俜十年事"句,瞿秋白在他的集唐诗句的诗作中,着重引用过,确是名句。

少年王充闾受到了严格而具有较高层次的诗学与艺术的训教。

而且,他这时就已经接受诗歌创作和文章写作的训练了,这也是"童子功"的一部分。

他写了纪实文《灯笼太守记》,还有记事诗。这首诗,今天看来,也颇为可观:

声威赫赫势如狂,查夜巡更太守忙。
毕竟可怜官运短,到头富贵等黄粱!

这种"胎息",预示了一位作家的诞生。

可见,起步之前,他已经筑下了比较深厚的国学基础,比一般同龄同学要高出不止"一筹"。

他的创作心理的文化构建，是以传统国学奠基的，这是他日后出色的历史文化散文之产生的滥觞与前识。这同他的同龄辈的中国作家的以"五四"以来产生的新文学奠基相比，不仅是不同，而且是一种优势。

2."进错了门"吗?

现在，他已经走出旧的"窠臼"，从私塾进到新式学校，学习的内容，从"古典"进入"现代"，而这"现代"是"中国 20 世纪 50 年代"的"现代"，这是"血与火"的战争和斗争刚刚结束，人们正开始高歌猛进建设新中国的时期，20—30 年代的革命文学和 30—40 年代以来的解放区文学，正以雷霆万钧之力，扫荡旧文学的陈迹，迎接和发展新的人民文学。他就在这个时期，接受文学洗礼，酝酿新的"胎息"。

歌德在他的《歌德谈话录》中，与门生艾克曼谈自己的"自传续编"时指出："一个人最有意义的是他的发展时期。"王充闾此时正处在这样的"最有意义的时期"。他的发展是比较顺畅的，也是比较幸运的。

其实，门并没有进错，大率作家都非学文出身，大学更没有"作家系"，现在的"作家班"都是培训性质；鲁迅、郭沫若都不是文科出身。实际上，从"胎息"到师生论文、读文学名著等等，都是在"进修文学"。眼看着一位作家在"错门"里逐渐成长。

教师出身的作家也不少。

这时候虽然觉得当作家是一个好似难于实现的梦想，写作的欲望却很强烈，"蠢蠢欲动"。这是一种潜在的"创作激起"，是创作心理的一个很好的"苗"。

书中写到《辽西文艺》，写到编辑高柏苍先生。这使我感到很亲切。那时，我是《东北日报》文艺部的编辑，曾编辑、发表过年纪略小于我的刘文玉的诗作（那是他在地区大报上发表的处女作）；高柏苍先生我也认识，年纪略大于我，后来，辽东、辽西两省合并成立辽宁省，他来到沈阳，我们时有交往。他是一位深通国学的编辑和作家。他后来的命运好像也不大顺。本书写到的情况，反映了那时刊物编辑的良好作风和文风。

作者后来果然写了作品，并在《辽西文艺》上发表了，并博得了"校园小作家"的赞誉。他已经试笔并取得成功了。一位未来的作家，悄悄地在成长。

文玉后来成为颇有成就的著名诗人。还有胡世宗同志，在小学读书时，我编发了他的诗作，"由此一发而不可收"，他后来也成为著名诗人，成就卓著。学生时代，就在省级文学刊物《辽西文艺》上发表作品，这是一个良好的开端，结出了美丽的花朵。但王充闾并没有像刘文玉、胡世宗那样沿着处女作的路子一直发展下去，他没有沿着写通俗文学的路子继续走下去，成为通俗文学作家。这有主观和客观的许多原因，但归根结底，还是他本人的心性和艺术才华以及原先的学养所决定，也是他的创作心理的结构所决定的：他必然走历史文化散文的创作道路，而不可能拘守在通俗文学的格局之内。

第二章　我生不辰（1958—1977）

1."我生不辰"：是"生不逢辰"还是"适逢其时"？

作者的意思好像是前者，我的意思正好相反，是后者，是"适逢其时"呀。

这是 20 世纪 50 年代末期，什么"批俞平伯"呀，"反胡风"呀，反右派呀，等等运动都已经过去。风头过后，天清气朗，社会主义的革命文学蓬勃兴起，社会主义现实主义与革命浪漫主义相结合的创作方法，盛行神州。《在延安文艺座谈会上的讲话》，是指路的明灯。文学的任务、方向、道路与创作方法，了了分明。人们的精神气质是个个意气风发，高扬理想的风帆。文学是人们最喜爱的文化骄子，作家是灵魂的工程师，地位显赫。青年学子，许许多多是文学的爱好者，自我心理上的未来的作家。前车之鉴，就在不久前，不会再重蹈覆辙。所以，一切都准备好了，都给准备齐全了，也都预示警告了，不会犯错误，沿着坦途前进吧。作为一个未来的作家，在这样的条件下起步、发展、成长，是幸运的。君不见，早些年成长起来的年轻作家，许多都扑通扑通跌进了"右派"深渊。

当然，具体看，个人的遭际，会有些不如意。而从历史的，尤其用年鉴学派的长时段历史观来看，更有积极的方面。不过这既是后话，又有恩格斯的名言为我们解释：凡是历史的错误，总是会有历史的进步来补偿。这个历史的进步补偿，王充闾也赶上了；而且，他正是在这个中国人获得历史的进步补偿的时期，正式步入文坛，大显身手。

我这样来讨论，不知充闾同志是否同意。

2."初念"意味着"转念"

我看好似是这样，当然是潜在的、隐约的、潜意识的。

上讲台，下乡，读苏联文艺作品：一方面是"自在"的工作与生活；一方面则是一个未来作家的自为的潜在成长。创作欲望越来越强烈，写了，而且写了小说。这是试笔，也是初创。没有成功。这是通例。许多中外作家起初都碰过钉子，有的大作家的名著，起初投稿时，多次被退回，有的甚至遭到出版社编辑的训斥：你不是这块料，放弃吧。但他最后大获成功。

你的成功在后头。文学的"初念"，是比较狭窄和"天然"的，无非是习见的生活速写、报告式的小说而已；转念则是理智而清醒的，上升性的。现在还只是练笔吧。

3."鸬鹚的苦境"

这是普遍规律，两个方面：一、文学的路不平坦，文学史上实例多多；二、中国社会和当时的"社境"——社会、政治环境，即如此。

这是当时的政治风景线、文化风景线。

也许有这种"挫折"更好些。免得后来"少年不识愁滋味，为赋新词强说愁"。这是一种社会阅历、生活感受，都有利于创作心理的成长和发展。

这都是就"大格局""大形势"和长远效应说的，在当时，在那个年岁和那个具体处境来说，是很伤人的，很令人难以"下咽"的。我想对于当事人的心情的影响，是不可谓不大的。这种情况好像带有普遍性。我自己最有趣的遭遇是插队十年期间，后来的阶段曾经被"改行分配"（这是那时对于插队干部的处理政策）到旗农业局工作。一位副局长曾任县报总编辑。一次，他要我起草一个积肥通知，我照搬省、盟两级的这种通知，加了一点本旗的情况，交上去，他改后退给我重抄。我拿来一看，全文只剩题前的毛主席语录"肥料是庄稼的粮食"，其余就没有我的文字了。此前，我隐姓埋名写过许多文章发表，写过省报社论，还曾经给省委主要领导起草过文章，一字未改，全文照发。今天，却落得如此惨状。不过我并未气恼，更没有沮丧。我经过风雨了，理解这是"有理说不清"的，也无须说清；需要的只是服从。心境平静如水。不过，说到当时的"初出茅庐"的王充闾，这种刺激、影响和想不通，是可想而知，也可以理解的。所以，他今日以"鸬鹚的苦境"来表述。我拿自己的境遇来相比，是想说说，我们曾经的"文况"，就是如此。

这大概可以称为"文人—作家的共同命运"，作为社会现象，倒是值得人们深思的。

4. 憧憬

美好的憧憬和实际的锻炼、练兵是走上文学道路的起点。

了解社会、认识社会，提炼思想，"培训"艺术……

许多出色作家出身"新闻门"，或记者—作家，或作家—记者，或作家兼记者。刘白羽、华山、周而复皆是。新闻岗位锻炼文学人才。这时期，王充闾写下了《红粱赋》《时代的凯歌》《春潮滚滚》等二三十篇散文、随笔、杂文，篇幅一般都在两三千字上下。写这些作品，是一种思想和文学的练笔，正是从新闻向文学的转换进程。

至于文中所做的自我总结，道出了当年的"时代气候""精神气质""文学风范"。这是任谁也逃不掉的。不过，从他的经历和阅读范围来看，既有那时的"散文三大家"刘白羽、杨朔、秦牧，也有孙犁；既有《欧阳海之歌》，也有《红旗谱》。"时代"与"自我"、"歌颂时代"与"抒写自我"，都在心理上占据一席之地，明确的是前者，向往的是前者；但心仪的散文是后者，潜伏待动的是后者。那个时期，要能够"唱出自己的歌"，也不容易，也容易"跌入歧途"。

这时的未来作家王充闾，阅读范围中，已经包括鲁（迅）、茅（盾）、冰（心）、曹（禺）四大家，甚至可称"中国现代文学四大流派"，更有苏联文学。至此，可以说，他这棵以国学为根基的树苗，已经嫁接上中国现代文学的"枝"了。以后，就是不断输送社会生活的营养与文学艺术和文化学术的修习了。

5. 十年搁笔胜执笔

十年搁笔，颇为遗憾；历史结账，胜过执笔。

这是那时的中国政治生态、文化生态，也就是丹纳在《艺术哲学》里面说的时代的"精神气候"。不写也罢。不写更好。

但由此识得"社会相""人际关系"，却是生活的积累，也是创作的准备。

不过，虽然搁笔，但历经风浪，考验了心性和人生的追求。有机遇当报社的革委会主任，一般人求之不得、梦寐以求，甚至不择手段，他却将"奉送而来的到手的瑰宝"坚决谢绝。重要的是在一请一拒中，所表现出来的他的心态和人生价值取向。

主要是从小读《庄子》，加上父亲的影响——他很信仰道家的思想，对名利、功业一向看得比较淡，没有那么强烈的欲望。当然，对于那些造反派头头拉拉扯扯，不学无术，权欲熏天，兴风作浪，确实也看不惯，心存戒备，不想和他们混在一起，这也是重要因素。

朋友赞赏他说："一个是淡泊名利，一个是洁身自好。具备了这两条，即便是从政，经风历浪，同样也能立于不败之地。"这话也适用于王充闾以后长期的生活经历及选择与心态表现。应该说，他的文学生涯的成功与成就，也是得益于这样两条。

书中还述及与评书大师袁阔成的交往、友谊，以及袁氏的艺术经验谈，很可贵。它对王充闾的艺术觉醒和之后的创作，都有一些影响吧。

6. 不是"绝望中的希望"，应是"挫折中的希望和收获"

在十年内乱中，却获得了十年的潜心读书岁月；在狂风暴雨的"反修防修"斗争中，却能够得到"封资修"的书籍而吞食解饥。这真是意外的获得，"种下的是跳蚤，收获的是龙种"。对于王充闾来说，这是偏得。这对于他文化上的发展与成长，以至成熟，至关重要，意义巨大。日后散文大家的成就，此时是关键时期。最初，他当然读的是"毛选"，但还能读到那时很少允许阅读的图书中鲁迅的著作。

我很喜欢鲁迅的小说。那种冷眼看人生的峻厉、深藏的压抑，以及广大的同情心、深刻的批判性，引起了我的共鸣。《鸭的喜剧》一开头就说："俄国的盲诗人爱罗先珂君带了他那六弦琴到北京之后不多久，便向我诉苦说：'寂寞呀，寂寞呀，在沙漠上似的寂寞呀！'"读到这里，我的心猛地一震。

对鲁迅关于"寂寞"的描述，"心猛地一震"，这是当时心情和感受的写照；而重要的是那种对鲁迅的审美体会和心灵感应，那种可贵的"共鸣"："冷眼看人生的峻厉""深藏的压抑""广大的同情心""深刻的批判性"。这是一种心灵的接受、审美的感化、思想的启迪和艺术的魅惑。这对如此感受者的影响，是巨大而意义非凡的。我们可以从中觉察后来王充闾散文中的这种影响的表现：那种有时的冷峻，那种广大的同情心，还有深刻的批判性。

这使我联想起歌德读莎士比亚和对莎氏悲剧的感应，以及所受到的巨大深刻影响。歌德在他的《歌德自传》中，专设一节，以《莎士比亚的巨大影响》为题，他写道："莎翁的超群绝伦的特长，掷地作金石声的名言佳句，恰到好处的描写，幽默的情调，无不深获我心，铭刻于我的肺腑之中。"又说："莎士比亚像一种崇高的灵感那样吸引我和鼓舞着我。"王充闾对当时的"读鲁"感受，没有做这样的陈述，但上述的引证，已经包含了歌德所述的内容；而且，我感到王充闾的"读鲁"陈述，其心灵感应与文学接受，超出了歌德"读莎"的感受——不限于文学手法和表述技巧的接受。这是因为，时代不同，国家不同，读书人的处境不同。这是在内乱中的读"民族魂"的醒世惊世之作啊。

可惜作者在这里是在陈述当时的"全面状态"，而不是单述"读鲁"；如果他像歌德一样专设一节，如"鲁迅的巨大影响"，那内容定会丰富得多。

"读鲁"之外，他还"读古"。"《庄子》和《红楼梦》这两部百科大全书，让我钻进去就不想出来，暂时竟忘却了身处逆境，今夕何夕。""读《庄》，使我增长了人生智慧"："'游于世而不僻，顺人而不失已'，这是绝高的生存智慧。"他还读苏俄的小说《在人间》《复活》《罪与罚》，读郭沫若的《蔡文姬》，读巴金的"激流三部曲"，也读《聊斋志异》《桃花扇》。

他读到了这样的感世咏史的语句，感受到其中的心思浩茫的情怀："俺曾见金陵玉殿莺啼晓，秦淮水榭花开早，谁知道容易冰消！眼看他起朱楼，眼看他宴宾客，眼看他楼塌了。这青苔碧瓦堆，俺曾睡风流觉，将五十年兴亡看饱。"

他写道："似乎从中悟出了一些神秘的奥蕴，却又说不清楚。"这暴风雨中冷静的观世与人生体悟，他那时是感到"神秘""说不清楚"，但是，后来的一批批历史文化散文，通过评骘历史和历史人物，将之一一表达、诠释出来，并警示世人了。

值得注意的是，20世纪七八十年代，他跟随号召读马列的政治形势的要求，自行专门利用三个月时间，系统学习了恩格斯的《反杜林论》，反复精读，整本书上有五种笔迹，上面写满了学习心得。此外，还自学了马克思、恩格斯的《德意志意识形态》，黑格尔的《美学》，丹纳的《艺术哲学》，等等。他写道："西方理论经典著作为我的认知与领悟开启了一扇窗户，引起了我很大的兴趣。"

以后，又借着"评法批儒"的机遇，读《韩非子》，读吕不韦的《吕氏春秋》、刘安的《淮南鸿烈》和王充的《论衡》；还读郭沫若的《十批判书》、范文澜的《中国通史》、梁启超的《饮冰室合集》，而且记了几本笔记。1974年夏天，一个意外的事故，导致左脚踝骨断裂，在家休整四个月，"日长似岁，痛苦难熬，我便天天躺着读中华书局出版的十二卷本《后汉书》"，补上了以前独缺读该书的遗憾。

他还总结了读史的经验和心得：其一，"找熟人，抓线索"。其二，由此及彼地联想，实现多光聚焦。其三，参阅多种典籍，博取诸说，撷采众长；借他山石以攻玉。

这里不仅有史实，尤其有史识和史德。

这简直可以说是他的史书大阅读、史学深研究。毫无疑义，这段史书阅读，为他以后创作历史文化散文打下了坚实、深厚的基础：不仅在史实的掌握上，而且在史识的研习和增进、深化上，还有在历史性的知人论世上，在今古对照、观今思古上，均达到了厚积的程度、薄发的"态势"；从创作上说，在材料的准备和积累、思想的酝酿和锤炼、表达的研习和选取等方面，都是"万事俱备，只欠东风"了。

这"东风"，就是20世纪90年代的社会环境、时代需求和文化风范。

这是一位作家的充足准备期：社会体察的准备、生活的准备、知识的准备、学识的准备。其实，还可以说是一种可贵的、有用的"挫折的准备"。有这种准备，比没有这种准备要好得多，尤其对于一个未来的作家来说，更是如此。"艰难困苦，玉汝于成"，以反映社会生活为职志的作家，也是如此。

后边不是讲"喷涌"吗，现在是积蓄待"涌"。

7. 第二章结束：作家的预备期结束

至此为止，作家的"生活积蓄""知识储备""思想积存""情感积累""心理构造"，所有创作心理形成的条件，皆已具备，在创作方面来说，只是"整装待发"了。

这位作家的创作心理构成的范型是：东北乡土社会—生活、东北乡土文化、传统文化——已经跨入国学门庭的高文化层次的传统文化、特殊时期的中国社会—政治生态、出自乡土而因社会、政治、文化的影响而形成的内心情结和心理结构。略微不足者，是对外国文化的了解。而高层次的国学根底，冲击、冲淡、弱化了乡土文化的影响。只在以后的创作中，在积极方面发挥了作用。

这是充足准备。

第三章　劫后复苏（1978—1984）

1. 喷涌：宏才小试，施展四方

20世纪80年代初，作者调入省委机关工作，三年后回营口市委担任领导职务。这不仅是工作的变动、职务的升迁，对于一个未来的作家来说，这是文化场地的转换、生活环境的改变，也是社会地位的变化。但未曾变的是作者的那颗"作家的心"。

他以"喷涌"来形容这时期的写作。的确如此。到1984年底，七八年时间，他在繁忙的工作之余，写了六十多篇散文，近二十万字。大体分为这样几种类型：抒怀感奋类散文，纪事写真类散文，纪游散文，思辨性散文随笔。

抒怀、记事、记游、思辨，四种散文，散发文坛，撒播人间。王充闾虽然是以领导秘书、市委领导的身份现身，作为作家尚不为世人所知，但笔锋所向，已经展示学识的积淀，表现观世的眼力，以及表述与描述的根基与功力。我向人间洒才艺，人间未识千里驹。

这是暂时的，这需要一个过程。

不过已经出现有眼力的识者，注意到一颗新星冉冉升起。

2. 人间不乏伯乐，千里驹自奋蹄

诸多散文大家、评论家给予好评，伯乐识千里驹。"自觉的文体意识""成熟的文体家""叙事—抒情—说理"混合雍容。"王充闾的散文文体特征最足以使他的散文成为文化散文的典型代表。""充闾的散文吸收了我国古典散文的长处，但又和它们不同，在抒情散文中叙事、说理，在叙事散文中抒情、说理，在说理散文中叙事、抒情，并不把三者截然分开。他在说理时，也并不成篇累牍地讲道理，而是画龙点睛、水到渠成地只说不多的几句话。但就在这几句话里，生活的哲思和真理都凝结其中。"这些评论家的评论是准确的、到位的，很有层次，肯定了王充闾散文的成就、优点、长处，以及他在当代散文界"文化散文的典型代表"的位置。

上了台阶，打了出去，掀开了面纱，站稳了脚跟。

但这不过是起飞前的展翅。

当然，也有评论指出缺点和不足，予以指导。如说"有时候他的个体生命体验被过重的文化负荷与历史理性压倒了，压缩了""如果他稍稍把文化与理性的因素抑制一点"，就会更好。有的评论家在肯定文笔娴熟、文字简洁凝练、学识渊博、旁征博引的同时，也指出了行文拘谨，没有放开；又兼矜富炫博、诗文征引过多，有的篇章所承载的文化信息过于密集，导致行文拥塞、文气不畅。同时指出："王充闾的散文文本，确是作者呕心沥血、潜心创造的艺术品，似乎无瑕可指，无可挑剔；但是，同时也不能忽视那因之而带来的负面效应，即较明显的'作'文痕迹。"

恳切地指出了白璧微瑕，也很准确、很到位、很有层次，可以让作者清醒：百尺竿头，还需再进。

记得梅兰芳在他的《舞台生活四十年》中总结自己在舞台表演上的经验时，说了他体会的规律是："少—多—少。"他说，初上舞台，手不知道往哪儿放，几个动作一做，就没有了下文，呆在台上了；后来，生活经验也多了，舞台经验也丰富了，于是在台上"手舞足蹈"，花样翻新，动作越来越多，却影响了人物形象和剧情发展，多而成灾。进而改进，精简，一招一式，有来龙去脉，有目的规范，表现了人物性格和心情。招式少了，内涵却丰富了。这可不可以移过来考察王充闾这个时期的散文创作呢？应该还不是"少"的阶段，但也不是单纯无意识、无意义的"多"的阶段，是处于"由'多'向'少'"过渡的阶段吧。

他接受了评论的指示，不断在改进提高，"千里驹自奋蹄"。

3. 师友唱和显性情，学养才情两优异

这个时期，喷涌的不仅是散文，还有诗词。他说这是新时期以来，他的文学创作的一对孪生兄弟，它们几乎是同时从蛰伏状态下复苏过来。他总结说："把笔时的阳光心态、风发意气，作品里反映的时代气息、社会内容，二者都极其相似，都属于时代的颂歌。"

比如那首《攻关颂》（调寄菩萨蛮），是很不错的："东风笑绽花千树，骅骝竞骋长征路。勇探科学宫，关山越万重。时间长恨少，苦战连昏晓。报国耻空谈，丹心红欲燃。"他说，这首词正是他当时精神世界的真实写照。

这里记叙的与沈延毅、吕公眉、陈怀等老先生的诗歌往还与忘年之交，都属文坛佳话，颇多感人之处。

在散文创作之外，还有了一部《蓬庐吟草》面世。"不论信手拈来，抑或刻意为之，其为情感的宣泄、志趣的写真，则一。展卷遐思，充盈着师友的深情、对昔梦的追怀和感兴的喷薄。拂去岁月的尘沙，剩下来的多是美好的记忆。"

虽然是"散文之外"，"孪生兄弟附庸篇"，但是可作"诗的散文""散文的诗的表现"观；在文评的天平上，散文—诗歌是一体的。

在诗歌方面——这里指旧体诗，展现了作者的诗歌修养；其中，特别是所能背诵诗词非常多、非常熟，随时能够引用，成为他的陈述话语的"自身"。就是古诗词也成为他的思想—语言的"血肉"了。

第四章　变革中的升华（1985—1995）

1."自觉补课"——从"传统"到"现代与西方"

这是一种自我进修，自我提升。在文化上，在传统文化的学养基础上，补上了现代文化与西方文化，主要是文史哲方面的略微欠缺。一个完整的知识储存、创作心理结构形成了，"翅膀硬了"，从此，进入一个更高层次、更高境界。

这个补课非常重要，具有重要的意义。中西结合，这是当代中国作家必备的文化修养。作者补上了这一课，就更上层楼了。

他的补课，相当自觉，相当丰富，方面相当广，钻研相当深，所获相当可观，可以说，他在思想、文学、艺术、哲学、美学、历史等方面，都大进一步，提高很多，他的创作心理的构造进入一个新时期、一个高层次。一位散文大家的"阵势"已经布好了。

他从1985年开始，花费几年时间，深入研读了马克思和恩格斯的《德意志意识形态》、黑格尔的《美学》、罗素的《西方哲学史》、丹纳的《艺术哲学》、卡西尔的《人论》等西方哲学与美学经典，同时，也读了国内几位美学家的著作，其中有朱光潜的《谈美书简》、宗白华的《美学散步》、蒋孔阳的《德国古典美学》、王朝闻的《美学概论》、李泽厚的《美的历程》《美学四讲》等，可以说中国美学著述在当时的主要论著，他都阅读了，钻研了，还涉猎了法国年鉴派史学、美国新历史主义方面的史学著作。而在这样广泛阅读钻研哲学、美学著述的同时，为了调节精神，"换换口味"，他还阅读了莎士比亚的戏剧，契诃夫、莫泊桑、欧·亨利的短篇小说。这种泛览杂研，一直延续到21世纪之初。

这种自觉补课的自觉性之高，所补方面之广，所受效果之丰厚，都是令人击节和顿生敬意的。这里表现了作为一位作家的虚心、责任心、拳拳服膺文学与人民的良知与挚情。

他还总结了为学的经验。其一，运用"八面受敌法"，精研深读经典著作，辅之以适当的泛览（认门户、开眼界）。其二，在弄清原典上下功夫，不是为学术而学术，目的在于武装头脑，扩展思路，激活创造精神，指导并丰富相伴而行的文学创作。其三，"因为文学是人学，所以，为文学的读书、求索，应该紧密联系人生的价值，命运的参悟，道路的抉择，人性的发掘，个性与命运、个性与文化关系的探究，应该同生命体验、人生感悟结合起来"。

最后，他还述说了一个补课钻研的深刻体会：读过了西方、苏俄、印度的美学典籍，加深了对烂熟于心的中国古代经典中美的论述的理解。这属于中西比较文学的范畴，是其平行研究和主题学研究的表现和体会。以异域的美学—文学的"他山之石"，来攻中国传统文论—美学之"玉"，相辅相成，所得益丰。

说这次自觉补课很有意义，还因为这是一种文化自觉，一种人生再觉醒与艺术再觉醒的表现。作家艺术家的一生中，会有多次人生再觉醒与艺术再觉醒，这种"再觉醒"，会带来他创作上的"变法"。齐白石就多次"变法"。他老年得陈师曾之指点，实现"变法"，乃有后来更高成就的齐白石。王充闾的这次补课与人生—艺术再觉醒，使他的创作心理构造更加完善、更加提高了，即进入一个中西文化交汇的状态。这是他以后创作成就的基础。

这就是很自觉的自我塑造了，是很"自为"的。没有这一步，王充闾的发展就受到限制，而且是很大的限制，也就没有以后的王充闾。

这里，还可以补充一下关于认识、知识积累和创作心理形成的规律之一：相似原理和"相似块"作用。按照相似原理，人们的心理接受—知识进益，总是接受与自己已有的，即海德格尔所说的"前识"，是"相似"

的东西。与原有的基础太一致、完全一样，感觉不新鲜，就没有接受的兴趣，拒收了，或者如东风吹马耳，一扫而过；完全是新的，很陌生，也会不知其所以然，而忽略，而弃置；只有相似的，又有新东西，这就亲和、喜爱，"似曾相识燕归来"，接受了，汲取了，添加到自己既有的"相似块"里去了。这样，那个原有的知识与情感、理性与感性的认知心理"相似块"，就一步步增长、发展、成形、定性，成为黑格尔所云"这一个"。王充闾在幼年和少年时期所形成的知识—理性—情感的"相似块"是什么情状呢？乡土社会和乡土文化、国学入门和传统文化基础，诗词歌赋打底。然而现在，这个"相似块"却增加了新式学校和新文学的文学艺术与文化学术的基质，由于年轻，"相似块"还远没有硬化，更未曾老化，甚至并不那么强势和顽固，所以，在既有的基础上，加进了新文学、新文化学术的基质。于是，他的认知心理的"相似块"，就由比较单一的国学与传统文化的质地，转换为现代与传统的结合；如今更进一步，加入了西方文化学术的基质。一个国学—传统文化—新文学（包括俄苏文学）—西方文学和文化的认知—情感"相似块"，在形成、将发展。

2. 美的升华，又不仅是美的，而且是哲理的

这期间，他写了一大批带有哲理性的散文，"体现哲学与美学的双重意蕴，力求从哲学的智慧、美学的超拔，理性的张力与诗意的澄明中展现一己的思与悟，凭借散文文本传递自我对万象造化的审美意蕴和理性化的沉思。比较典型的要算《五岳还留一岳思》《心中的倩影》和《追求》三篇了"。其中，《五岳还留一岳思》从友人遍游闾山之后"产生一种意兴阑珊的味道"谈起，说到旅游，说到现实生活，说到艺术创造，核心表达了"充满希望的旅游比到达目的地好"的理念，以及对于"审美距离"和"不到顶点"的体验与领悟。

此说，代表了这批哲理性散文的重要意蕴。

这是既在学识上升华，又是在艺术上升华，"由文学而哲学"，向新

的境界深化、升华。但不是那么"纯粹"：哲学中有文学、文学中有哲学。"步步高升"，这是终成大器的表现（许多作家是"到此为止"的）。

"哲学的智慧、美学的超拔、理性的张力与诗意的澄明中展现一己的思与悟，凭借散文文本传递自我对万象造化的审美意蕴和理性化的沉思"。

达此境界矣。

这使我想起古斯塔夫·缪勒在《文学的哲学》中所说的话："艺术不应被看作是为艺术而艺术，而是为哲学而艺术。"真的，哪个作家创作，不是依据某种自己掌握了和信奉的哲学，而且将之注入自己的作品？客观上，就是在宣传一种哲学，"为哲学而艺术"。只是，自觉性的"度"，有高有低，有高度自觉，有毫无自觉（不知道自己在干什么）。所注入、宣传的哲学有高有低，有的达到"文学哲学"的高度，有的很低，有的简直就是胡扯。

应该说，此时对他的评论，在这方面还未能跟上。

3. 游记：读山读水，内外汇融，寄情山水，抒发情怀

且先摘抄一段本人的读书笔记：

中国人对山水的看法和山水诗的产生、发展、写法以及意境等等。

（1）崇敬山，因为山高耸巍峨……山是静的，仁者乐山……

（2）从对山水的认识与思考，进到形成"风景的眼光"，再到对风景的寄情与描述。

（3）山与水构成一个动与静结合的万古长存、千古不变的固体的稳固性与流动性并置在一起的"自然"图画，勾起人们对于暂时性与永久性的思考，产生对于山、对于水的种种情感、寄托、话语。

这里，充闾游记散文，不仅是对于山水的寄情、寄托，也不仅是传统"山水诗"的话语与思想范型，已经越过了它们，但又继承了它们、发扬了它们、提升了它们。是"传统山水诗的'魂'，现代历史—文化散文的'骨'"。主要的是：充实了、注入了历史—文化内涵，有历代历朝的历史，

有诸种英雄人物、文人学士、哲人大师，还有他们的气节、人格、风范，他们的思想、情操。但又不是就历史论历史，而是面对现实，或隐含现实，或品察现实……

中国向来有"山水诗"一说，又有"山水游记"散文一格。日本学者松浦友久在其专著《李白——诗歌及其内在心象》中说，中国在中世纪文学中，在诗歌体裁中，就有单纯表现自然界美的手法，已经形成一个独立领域，到六朝时，特称为"山水诗"。联系到李白，他写道："复杂多变的自然呈现出丰富多彩的面貌，有的壮丽、优美，有的寂寞、萧条，各地有各地的风景。眺望这些，把自己置身其中，李白的感觉，反映得尤为突出、生动。"又说，李白这些山水诗，特点是富有飞跃感和流动感。

游记散文与山水诗，在思想和艺术的韵味上，是相通的、一致的，都是寄情寄兴于自然山水间。游历自然、寓目山水、发掘历史、挥发思想、书写性情。王充闾的山水游记散文也是这样，它与古代山水诗在思想艺术上是一致的、相通的。

应该说，中国的山山水水、自然景物，早在远古时代，就不是"自然"的自然了，而是马克思所说的"人化的自然"，许许多多历史的陈迹、古人的事迹以及民间故事和传说，积尘、附着以至附会在上面。那上面，积淀着无数风云变幻的历史，发人深思的仁人志士、英雄、美人的故事，还有寄存着中华民族美好民间故事和传说的材料，它们既是历史的魅力，又是现实的激励。

松浦友久还有一部研究中国古代诗歌的著作《唐诗语汇意象论》。其在论述中国古典诗歌中作为诗歌素材的山川时，曾经指出，"作为诗歌素材的山川风土"，具有"题材的特性（或者属性）"；诗人可以"在宏伟的时空里浮想联翩"。他在论述中国古典诗词与"史"的关系时，又说："有两个'shi'的世界，十分显著地矗立在中国文学史上，一个是读平声的'诗'的世界，另一个是读上声的'史'的世界。对以五万首唐诗为代表的诗歌的爱好，和对以浩博的"二十四史"为象征的历史的珍视，这两点不仅在文学史上，即使从中国文明广阔的背景上考虑，也是非常重要的。"

我之所以引述松浦友久的这些论述，是想借此论充闾的游记散文。

在充闾游记散文中，正是具有"两个'shi'"即"诗"和"史"的境界。

好个"山水郎"。岂止是"山水郎"，岂是"山水"了得？

其实，更深层次地讨论，这里更涉及作者在"自然"面前，对于自身的发现、开发、发掘。实际上也可以说是王国维在《人间词话》中所说的，"客观的境界"与"主观的境界"的互动，而启迪了主观世界。泰特罗在《本文人类学》中说，"'自然行迹（course）'与'人文话语（discourse）'之间，本文与对本文的阅读之间的关系"："旅行也是对旅行者的自我进行探索和发现的心灵历程。"他举日本天皇（曾留学英国）的例子说，天皇说他在欧洲旅行后，对日本有了更深刻的理解。——"欧洲"启发了他对自己"祖国"的理解，从而说出了一番不同于过去的"话语"。这就是"自然行迹"与"人文话语"之间的互动关系。

其实，其中的蕴意，并没有挖尽。

不过，还得说王充闾游记散文，在继承传统山水诗这一面之外，还发挥了他的现代人—现代作家的优势和特点：羁旅异域的生活经历、考察阅历以及历史与现实多方面的感受。

4. 借机唠几句自然文学的写作

我觉得充闾的山水游记散文，虽非有意为之，但确实具有现正兴起的自然文学的韵味和精神，故在此一议，并借此寓提倡之意。

"自然文学（nature writing）"的复魅与复兴以及生态诗学—生态文学观的提出与研究，是当代世界文坛的一大喜事，也是一件大事，表明了、反映了人类的"自然觉醒"和"生态文明觉醒"。把自然纳入人类伦理范畴，人类就把自身真正作为宇宙的一分子，既不是孤儿，也不是主宰。再不会为了开发、发展而去毁坏以至毁灭自然，使自然万劫不复了。

我且抄一段自己的文章，是关于自然文学的，如下：

　　自然文学是源于 17 世纪、奠基于 19 世纪而形成于当代的具有美国特色的文学流派。它主要思索人类与自然的关系，认为"自然是精神之象征"，故应培养一种"生态良心"。其特征主要是：土地伦理（land ethic）观念，放弃人类中心理念，强调人与自然平等，呼唤关爱土地并从荒原中寻求精神价值；强调位置感（sense of place），生存位置（place），即"地理上的支撑点"，应当在文学中占有重要地位；独特的文学形式和语言，主要以散文、日记等形式出现，以写实方式描述，使用朴实如泥、清新如露的"褐色的语言"。它具有一种"荒野意识"和"对荒野的激情"、对荒野的审美观的文化情怀，而对人类环境则怀着一种"荒野与文明结合"的乐观态度（以上转述与引文均据程虹著《宁静无价——英美自然文学散论》，上海人民出版社，2009）。自然文学的精神与意蕴，在当代，正与"掌控经济发展态势、保护环境、拯救地球和关爱自然"的人类调整文化方向这一总体精神吻合，是人类新文明的助力、内蕴和表现。它的魅力因而复苏，并且更加发扬光大，作家们以新的生态意识更自觉地、在更高层次上从事自然文学写作。

　　与自然文学"血肉相连"的是生态诗学—生态文学观的提出、创立和开展研究。生态诗学—生态文学观认为："地球上所有的存在体构成一个整体的生态系统。"这是一个完整的、整体性的"生命共同体"，号召建立所有存在体之间的休戚与共的生命关系。人类既不能把自己视为地球的唯一主宰，更不能破坏这个生命共同体、破坏完整的生态系统。"放弃人类中心主义"，是醒世的呼号。有论者抨击说，文学长期以来充当了这种人类中心主义的"共谋者"，成为"征服自然大军"中的骑士。现在，人们应该警醒，改变这种错误的态度，纠正不正确的自然观、文学观、审美观，而重视研究、建立、发展生态诗学—生态文学观。这是人类新的文明的重要组成部分。

　　自然文学与生态诗学—生态文学观，现在也已经在我国文坛和文化领域传播。比如，自然文学的代表作蕾切尔·卡森（Rachel Carson）的

《寂静的春天》（*The Silent Spring*）和亨利·大卫·梭罗(Henry David Thoreau)的《瓦尔登湖》（*Walden*），均已移译，后者且有多种译本。也有的作家关注或从事生态文学的创作。不过，卡森的名著仅作为学术著作被看重，而后者也尚未作为自然文学的范本而被注目。对自然文学的译介和理论研究，是当前重要的工作。在这方面，程虹教授的系统化译著，发挥了很好的作用。这将提高仍然未及注重这种新兴创作意识的中国作家，从事自然文学写作和树立生态文学观的自觉性和积极性。

据此，我一方面感觉充闾已经写出了具有自然文学风韵的大散文；另一方面，更希望他以散文大家的身份，属意自然文学，有意识地写一些或者一批"验明正身"的自然文学的散文作品。那也许就是一个发展、一个进步、一个更上层楼。

5."梦幻情结"：高级创作心理结构

有见识的评论家、文艺理论家能见及此，是与作者的心灵相通，也是理论卓见。

作家应该是"能做白日梦者"，但这种"梦"，既是具有自觉性的，又是直觉性的、梦游性的，但更主要的是，能够"自我制造"，运用联想、想象、意度、意念以至灵感，创造之。

这种梦幻创造，必须以社会经验、人生体验和丰富知识为基底，否则不能为。

作者此处的举例，已经看出这种种的积累与沉淀。不然，那些"想象"，在今天的现实中，幻想出历史的人事与场面，是"做"不出来的。

梦幻情结是高层次创作心理结构的内涵。有的作家终生不具备这种高层次情结。我在拙作《创作心理学》中，列举"创作十魔"，认为它是创作之魔力所在。它被列为第五"魔"。书中有云："'魔Ⅴ'：潜意识与梦……它们的作用不仅是潜在的，而且是在意识的高压浓缩状态中，'自发'地工作的结果，是意识在潜隐状态中自动沟通各种心理'电源'而发挥作用的，更重要的是它的作用是非逻辑、非理性、非推理演绎性的，而是跳跃的、越轨的、形象的、情绪的，往往有大量潜在的'智力图像'在发生作用；综合这一切的能量，它是特别符合艺术创作的特性和需要的。事实上，许多成功的文学艺术创作，都是获得了无意识和梦的帮助的。这几乎成为规律性现象：凡是有无意识或有时候有梦在起作用的作品，大都是成功的或比较成功的。""把潜意识和梦作为创作之一'魔'，它们是当之无愧的。"

6. 采风：社会学家的"田野作业"，作家的体察社会民情

实际上，作家每天甚至是时时在"采风"。当然，有专门的、特意的、安排的采风，或者随遇的采风。这就是踏寻史迹、观察社会、体验生活、体惜民情，大有益于创作。

作者所记，举例而言而已。但所得甚丰，于此可见。重要的是，作家看重这种采风，把游览当作了采风。

这就是古人所说的"行万里路"。"读万卷书，行万里路"这个传统说法，是很有道理的，加以"现代诠释"，就更加有意义。

7. 人生感悟与生命体验

这大约可以说是文学的基本母题和最终意义。无论现实题材还是历史题材，无论是现实主义还是现代主义，无论其主题、题材、体裁、创作手法如何，最终都跳不出这个基本母题的圈子。不过深浅、高下、自觉意识如何、意义挖掘和呈现如何等等，却大有差别。充闾是很自觉地如此创作和实践的，其作品均美好地体现了。这就是别林斯基所说的"思想和思想的进入文学"。他说，不在于思想进入文学而损害了艺术性，而在于思想是否是作家自己的，并且是血肉汇融的，更在于"思想如何进入文学"。思想艺术地进入文学，就不会损害艺术性，而是增强思想性和艺术性。

充闾的例举，证实了这些。比如关于爱情，这是人生感悟和生命体验

的基本内涵和表现。——爱情是文学永恒的主题。作者就既理性又感性地予以阐述，以具体事例陈述，但又不做最终结论。诸多论述，任人选择，供人体察，或结合自身的经历去体味。

作者在这里特别写了一个自己的人生感悟和生命体验：读书奋进和休闲娱乐的关系与生之旨趣问题。他写道："我在《节假光阴诗卷里》一文中，描述了自己朝乾夕惕、刻苦向学的情景。然后自做问答：'也许有人要问：这样埋头苦读，摒绝了各种娱乐活动，为什么不感到枯寂呢？'答曰：'凡事着迷、成癖以后，就到了'非此不乐'的程度，不仅没有厌倦情绪，有时甚至甘愿为此做出牺牲。柳永词中说的'衣带渐宽终不悔，为伊消得人憔悴'，正是这种境界。"

这是他钟情文学的写照和自白。正是前面说到的"自我写照"：着迷、成癖，"非此不乐"，"为伊消得人憔悴"，不悔。这可不是文学少年的"文学自诩"，这是一位散文大家的自我陈述、人生感悟和生命体验。

作家需要的就是这种为文学献身的精神。现今许多作家，缺乏的正是这种精神。

"为恋诗书断雅缘。"这是充闾的"做派"、生活习惯。他休闲散步，踽踽独行，构思文章，看似悠闲自在，散漫无羁，脑子里却是"上下古今，云山万里，联翩浮想，绵邈无穷"。他感觉这种生活，紧张、忙碌，却是满含诗意、富有乐趣。别人视为枯寂、难耐的事情，充闾内心感觉是乐趣和诗意，这是怎样一种感人的文学情怀！

不过，他引述加缪所说的："在西西弗身上，我们只能看到这样一幅图画：一个紧张的身体千百次地重复一个动作，搬动巨石，滚动它并把它推至山顶；我们看到的是一张痛苦扭曲的脸，看到的是紧贴在巨石上的面颊，那落满泥土、抖动的肩膀，沾满泥土的双脚，完全僵直的胳膊，以及那坚实的满是泥土的人的双手。"并作结说："这就是一个不断追求超越的写作者的真实人生。"却难叫人完全接受。

不，他非西西弗。一方面，他犹如西西弗，不断地不辞辛劳，推石上山，不辍不止，但他不是像西西弗那样，巨石快到山顶，却又滚落下来，于是继续推石上山，而后又在山顶看着巨石滚下，如此循环往复，永无穷尽。王充闾不是，他推文学的巨石上山，一次次占领高地、山丘、山峰，他已经达到高峰，直到有一天还会达到光辉的顶点！

他具备西西弗那种推巨石上山的精神和意志，但却不是西西弗那种悲剧的命运。

他秉承曹丕所言"盖文章，经国之大业，不朽之盛事"的志向，坚守中国传统文学"文以载道"的理念，衔接、融汇于文学为人民服务的现代文学精神，以西西弗的顽强坚毅情怀，推文学巨石上山，从少年钟情，到青年钻研，到中年抒写，到耄耋不辍，弃仕途之升迁，创文学之奉献，可敬可佩。

至此，"王充闾历史文化散文"诞生了。

这种"大历史文化散文"，有其共同的特点，即篇幅长，有大容量，有丰富的历史文化内涵，总是就某个历史事件、历史时段、历史人物，做独到的诠释，并联系现实，品评解析，议论横生。当其时，产生了一批这种新型散文，作者蜂出。

这也有其时代与历史背景，或者说"文化语境"：改革开放以来，一方面是打开国门，大量引进异域文化，中国人大开眼界；另一方面，则是对传统文化的回眸与审视，即鲁迅所说的"稽求既往"。前者是"希求新泉"。两者结合，形成一种新思潮，一种进步的体现现代化情结的文化心态与文化进展。

不过，大浪淘沙，潮峰过后，弄潮儿纷纷被淘洗，落荒，浅薄儿终难持久。也有个别有成就者，则每况愈下，步步下滑。唯王充闾，不仅坚持下来，而且愈战愈强，不断攀登，层楼更上又更上，在题材上不断开辟创新，在历史意蕴上，不竭地开掘深挖，既入历史的深流与潜流，又进人物的心灵与精神世界，而终成大家。也许可以说，他的历史文化散文，既是有意义的文学读物，足可供欣赏的文学作品，又是历史主义的课本，于读者之知人论世、感悟人生和智性修养，均具有意义和价值。

8.诗话人生

当时，他"围绕着人才问题、社会矛盾、生活事理和艺术规律等方面内容，总共完成了七十篇随笔、小品"，"这就是一个不断追求超越的写作者的真实人生"。

"为恋诗书断雅缘。"这是一种人生态度，也是"文学因缘"。

有一点，似应提出：作者创作这些创新性的散文时，无论从社会角色（此处用社会学术语，不同于一般日常用语，无歧义贬抑），还是从心态来说，正"身处庙堂之上"，却能寄情山水、"诗话人生"、"品评世情"，不是一般领导的游山玩水，或"涉笔成趣"，而是"身在庙堂心在'闲'"，既有其身在高位的立足，又有超脱、超越的心意情怀，故能为此"游记—历史文化散文"。这是超越了当时以至现今的"官场文化—心态"的。令人想起古之范仲淹等。这不同于一般作家，好像还可以加一句："为恋文学疏官缘。"这是一种很脱俗、非一般的人能够达到的人生境界。

这里有两点尚可一议。一、继承与创新。他是应《人民日报》（海外版）之约撰写《望海楼随笔》专栏文章，而又以诗话形式写思辨文章。他既继承从钟嵘《诗品》到欧阳修《六一诗话》的中国传统诗话的学脉，又有思想和形式上的创新。二、这些作品，是在他负责营口市委日常领导工作期间所写。"文章都是在紧张、繁忙的工作之余完成的。谢绝了吃请、陪餐、拜年、贺节以及一切娱乐活动，时间没有片刻浪费。"正表现了前述的"西西弗精神"。

9."战犹酣"：文学学术战两间，诗情学脉舞翩跹

在文学与学术两者之间，"战犹酣"，舞翩跹，挥洒笔墨，施展才情，"描龙画凤"，或登于报刊，或作品付梓；同时，走进学府，登堂入室，讲坛驰骋，学识飞扬。潜在的学者型作家—作家型学者，现在由"潜龙在下"，

得到实现，成为事实上的学者—作家、作家—学者。

很突出的表现是，在充实、实在、高层次的国学修养之外，也是"之内"，附丽了西学——包含哲学、美学、文艺学等等的武装，形成了一个学者—作家的知识结构和创作心理结构以及学术构造。

我敢说，至少是在他的同龄的作家中，像他这样具有高层次国学修养的绝无仅有，或者是凤毛麟角；而在与他同龄的学者中，具有他这样的文学修养的，也是同样情况。

这是他的历史文化散文的充实内涵、广博知识、深沉蕴意、深刻思想的渊源和根基。

我很欣赏文学与学术的联姻结缘。中国的鲁、郭、茅都是作家兼学者。充闾充分具备这种条件，而且是高层次的条件，何乐而不为？当然，事实上已经"为"，并且已经成大器，此处只是期其坚持、精进、提高，创作与学术并进。现在的中国作家群中，缺少这种"跨两界"的作家和学者。

这"战犹酣"，一战就是十年。十年行政高位，十年文学酣战。这实在是不平凡的十年岁月。战果可谓辉煌：五部散文随笔集、一部旧体诗集。但重要的不在数量，而在思想和艺术上的进益、增长、提高和发展。大而言之，有两方面的拓展和升华。

第一是"内涵的扩大再生产"。他自我表述："十年间，我的散文创作发生了很大变化，表现为不仅关注时代、关注社会，而且着眼于自我对于生命和生存的感悟和理解，自我对文化的发掘、沉醉，自我对人与自然的关系的体验，以及生命与自然的合而为一。其中，人生、文化、自然成为这一阶段创作表现的三个层面，而核心则是生命的强烈的追求意识。""更多地闪射着人文精神与文化关怀，体现出一种忧患意识、使命感和责任感。"

壮哉斯言，诚哉斯言，美哉斯言。不仅关注时代、社会，而且着眼对于生命和生存的感悟理解，自我对人与自然的体验、生命与自然合而为一。总之，人生、文化、自然成为创作表现的三个层面。而重点在于忧患意识、使命感和责任感。这都是作为作家的最佳心态，高层次文学情怀。文学不仅不为稻粱谋，而且也不为名利忙，不为俗务迁。把文学与人生、文化、自然，"合而为一"，体现了具有时代进步精神的文学体认与创作方向。这是中国文化从传统向现代转换、中国人重新塑造国民性的时代思潮对文学提出的要求。王充闾以自己的认识和文学创作，回应了这个时代要求、民族诉求。

第二个进展、提高，就是向学术的"倾斜"和精进，以及在这方面的"与文学并进"的态势。在这十年及以后数年间，他兼职南开大学客座教授，做了三次较为系统的专题学术研究，以准备演讲报告。2003年赴拉丁美洲访问期间，专门就魔幻现实主义的形成、发展以及对中国文学创作的影响这一课题做了调查研究。还在省内多次做学术报告或者开展对话，还撰写了《中国古代知识分子的历史地位》《清文化与沈阳》《曾（国藩）李（鸿章）异同论》《中国传统文化与国学》《东北地域文化的传承、重塑与创新》《中国传统诗词的创作与欣赏》《全球化浪潮中有关文学的几个问题》《散文的现代化与诗性》《探讨语言的文学性》《楹联丛谈》《姓名文化与称谓问题》等学术论文近二十篇。

这展示了学者—作家王充闾的学者与学术的一面。这方面的意义，在于学术推进文学创作，文学创作体现学术成就。

第五章　挑战自我（1996—2006）

1. 挑战自我

这是新篇章，进到又一个新阶段。步步进展，节节高升，不断在更上一层楼。这是最可贵的精神了。

"挑战自我"，这是一个非常好的人生命题，也是一种价值观，不向自己挑战，至少是停步，"不进则退"，就坏了。现在有的作家就是既不挑战自己，又自我满足，以至自我膨胀，本离大师级甚远，却自认大师，令人可惜。

这是另一种自我塑造，是从"反面"，即"攻击自身"的方面，来塑造自己，你现在达不到，我就把"它"悬为目标，去攻取，去达到，"跳起来"去摘取创作的果实。

2. 深度追求

是否可以说，这种深度追求，概括起来是在三个方面：哲学—美学、历史学、艺术学。

但深度的实质，则在于把三者融会贯通，彼分我合，为我所用。

这里重要的是哲学与观世、人生感悟和生命体验相结合。历史学与现实相结合，是以历史唯物主义为圭臬，以年鉴学派的史学理论为借鉴（现在有一种论说，认为"年鉴学派"已经消失，但不是过时了，而是它已经被广泛接受，融入整个历史观中，"大家都是年鉴学派"，它就消失了），为论史的指导，同时，又将这二者与艺术学相汇融，而成"'哲学—历史学—艺术学'三位一体"的格局。以此，挥洒于散文，讲学于杏坛，乃得新高度、新成就，臻于新境界。

还有重要的一点，如果说前者是学养的进取和深化，这里要说的则是学养的"实践"、表现和应用——体现于创作之中的进取和深化。这也是三个方面：进取—展开—回归。向学术—艺术、向思辨和想象的结合进取，向广阔的、深入的、经过广收博取与思索求真结合的思辨，而后以呈现的进取展开；于是向历史的深流与潜流，向历史人物的思想、心灵、人格深处进取而后展开，而成有深度的展开；同时，又有回归，向精神家园的回归。

仰望历史的星空，俯察精神的家园。

他对"深度追求"，有一段很好的表述：

为了实现自我超越，我提出了一个深度追求的目标。面对经济全球化和由此而形成的全球化语境，加上西方现代主义文学艺术的影响，人们的主体意识、探索意识、批判意识、超越意识大大增强，审美趣味发生变化，实现了文学自身审美原则的整合与调节，导致文学观念趋向多样与宽容，各种文学话语、理论话语众声喧哗。随之而来，作家的审美意识也发生了重大变化，逐步呈现出表现自我的自觉性。

他又进一步就文学创作来谈体会：

就散文创作来说，由以往的对于现实功利目标的直白展露，注重外部世界的描绘，转为对自身情感、心灵世界的深层开掘；从过去对政治形势的热情跟踪和对表层现象的匆促评判，转向对人的生存状态的深切关注，对现实世界和国民心理的深刻剖析；扬弃那种平面的线型的艺术观念和说明性意义的传达，致力于新的表现领域的开拓与抒写方式的探索，终于使散文以轻松的格调、悠闲的步态、更为深刻的人生思考、深层的哲学内涵和情感密度走近读者，从而实现了创作主体与接受主体的精神对接。

这些表述，体现的不仅是个人感受，而且是一种对时代精神、社会发展、文化进益的世界的与中国的总体态势与发展趋势的体察，特别是感应和回应。这种深度追求，是作家跟上时代、顺应潮流、体察文化的收获和创作基点。

3. 面对历史的苍茫

这是一批成系统的历史文化散文，是集中体现王充闾散文成就的一批佳作。

这是对历史的回顾、探索、深究、品评和诠释。面对历史的苍茫，实际是从现实的立场，面对历史，感悟苍茫。

"历史的苍茫"，含有广泛的、悠长的、深刻的意义。它等待人们去解读。中国历史漫长悠久，史实丰富、内涵深邃，英雄志士哲人大师文化巨人谱系长卷，可写的太多了。

此批散文，处理了相当多的历史片段，品评了一批历史人物。至此，"王充闾历史文化散文"已经形成，已成大器。

如何解读、诠释、理解和领悟王充闾的这批产生于 20 世纪 90 年代中后期的历史文化散文？

这可以说是一个研究课题。以我浅薄的历史知识水平和思想能力，无法做全面的评析，只可以就自己感触深的几点说一说。

（1）他瞩目于魏晋时代。我也挺喜欢魏晋。其实，我的历史知识浅薄，说不上懂得魏晋的意义和价值。可能和鲁迅称赞魏晋是中国"文学的自觉时代"这个论断有关，也同喜读《世说新语》有关吧。还有，就是梁启超的历史分期说。他把中国历史分为八个时期：胚胎期——春秋以前；全盛期——春秋至战国；儒学统一期——秦汉；老学期——魏晋；佛学期——南北朝；儒佛混合期——宋、元、明；衰落期——近两百五十年。梁氏把魏晋定位"老学期"，而我喜爱老庄，这也是原因之一。记得美籍华人学者、著名历史学家黄仁宇有一个论点，他说，中国虽然有九个统一全国的大朝代和十几二十个的小朝代，但"为研究检讨的方便起见"，无非是"三大帝国"：秦汉第一大帝国，唐宋第二大帝国，明清第三大帝国。这种"历史的大把握"，也有一定的道理，但舍去魏晋，毕竟可惜得很，难于了解中国历史的全貌。

因为这些点点滴滴，所以我欣赏充闾历史文化散文的瞩目魏晋。

充闾处理、诠释魏晋时代事，并非偶然，盖因缘久矣。他说，魏晋时期可供后人咀嚼、玩味的东西太多。一方面，中华乱世，政治腐败，社会动乱，民不聊生，但，这个时期又是如他所说：

精神史上极自由、极解放，最富于智慧、最浓于热情的一个时代，"是中国历史上最有生气、活泼爱美，美的成就极高的一个时代（著名美学家宗白华语）"。处此乱世，儒学独尊地位动摇，玄、名、释、道各派蜂起，人们的思想十分活跃，个性大为张扬，注重自我表现，畅抒真情实感。大批思想家、文学家生活上、人格上的自然主义、自由主义充分高涨，呈现出十分自觉、自主状态和生命的独立色彩。他们有意识地在玄妙的艺术幻想之中寻求超越之路，将审美活动融入生命全过程，忧乐两忘，随遇而安，放浪形骸，任情适性，完全置身于生命过程之中，畅饮生命之泉，在本体的自觉中安顿一个逍遥的人生。一时诗人、学者辈出，留下了许多辉耀千古的诗文佳作。他们以独特方式迸射的生命光辉，以艺术风度挥洒的诗性人生，给后世的文化发展留下了一笔宝贵的财富，抛出一个千古说不尽的话题，为中华民族造就了一个堪资叹息也值得骄傲的文学时代、美学时代以及生命自由的时代。

他还说：

魏晋文化跨越两汉，直逼老庄，同时，又使生命本体在审美过程中跃动起来，自觉地把对于自由的追寻当作心灵的最高定位，以一种特定的方式实现了生命的飞扬。当我们穿透历史的帷幕，直接与魏晋时代那些自由的灵魂对话时，更感到审美人生的建立，自由心灵的驰骋，是一个多么难以企及的诱惑啊！

这几段"魏晋颂"写得实在精彩，可圈可点，说出了"魏晋时代精神和艺术精华"之所在。在此思想与情感基础上写出的"魏晋历史文化散文"，真是选材得当，抒写得体，论述精辟，发人思索。

（2）他属意辽金。这一点，值得赞赏。过去，治断代史的辽金史专家，这方面的著述，自然是不会少的；但是，一般谈论历史、写历史文章的人，却在"正史"之中，较少写辽金。事实上，宋、辽、金并存，相克又相融，是中国历史的完整形态。过去的史书以宋为主体，辽金为辅，负面东西写得多。现今，契丹辽、女真金，于契丹族及其辽代，于女真族及其金代，多所研究，改变了过去的偏向。有的学者已经写出《另一半中国史》的专著，专写历史上各个草原民族—骑射民族的历史。

东北作家写辽金，有责任又有便利条件，王充闾以文学形态来抒写，就更可贵了。他不是一般地咏史，而是以"文明的征服"为母题，来抒写、探究金的兴衰。这是很有意义的。他在文中，高调论证了文化的意义，以其为金朝之兴衰的"历史之谜的答案"。此论我特别赞同和赞赏。契丹族以游牧民族—骑射民族的骁勇善战，在耶律阿保机的统率下，建立了与宋对峙的辽朝；而同样以骁勇善战著称的女真族，又以完颜阿骨打为首，同样以游牧民族—骑射民族的骁勇，战胜了契丹族，灭辽建立了金朝。接着又以铁马金戈、挽弓控弦之力，进而与宋争高下。终竟杀入汴京，生擒宋室徽钦二帝，结束了北宋王朝的统治，而使之偏安临安，建立南宋朝廷。如斯历史巨变，好似证明武力可以决胜历史场，落后的草原文化—骑射文化，可以灭亡先进的农业文化。但是，正如王充闾所证实的，"野蛮的征服者总是被那些他们所征服的民族的较高文明所征服"，马克思所指出的这条永恒的历史规律，又一次在中国历史上得到鲜明的证实。

尔后的史实，更证明落后的征服者被较高文明的民族征服的历史规律。

要说契丹和女真，对汉人、汉文化没有戒备和压制，那是不真实的；他们的防范之心甚重，把汉人列为低等臣民，在社会等级和各种制度上，都防范、歧视、统制汉人。但是落后总是向先进看齐，他们为了更好的生活，更文明的制度和更先进的文化，不得不既防又学，从平民百姓到皇室宫廷，学得很认真、很全面，特别是输入儒家经典，学习汉族礼仪，以至通婚。这样，就渐渐汉化了。对于这一点，历史学大师陈寅恪和吕思勉在他们的著述中，都有精审的考据和论证。在这方面，王充闾着重阐述的则是，金人侵宋，是非正义，给中原大地带来灾难，然而战争的胜利者在征服敌国的过程中，却又不得不接受新的异质的文明。这又是文明的征服。他指出：

穿透历史的刀光剑影、狼烟烽燧的表象，总揽人事与物理，得出自我的感悟：人类创造的文化，无一不包含着自我相关的价值、功能上的悖谬，并且随着时间的推移，不断地做反向的运动与转化。女真人以原始生命的强悍征服并吸收了柔美精致的大宋文明，反过来，在大宋文明腐败因子的侵蚀下，重蹈覆辙，又被更为野蛮而强悍的蒙古文明所征服。历史的巨笔在他们之间画了一个诗意的圆，这是象征着宿命意味的循环怪圈，也是富有玄机禅意的精神怪圈。在这个神秘的怪圈里，该是演绎了多少令史学家与文学家感伤与怀旧的故事，隐喻着多少艺术与审美的意蕴啊！

但是，与此同时，也同前朝的契丹、身后的元朝一样，当他们从漠北的草原跨上奔腾的骏马驰骋中原大地的时候，都在农耕文化与游猎文化的撞击与融合的浪潮中，自觉不自觉地经受着新的文明的洗礼。

当然，还需要说清楚，重要的不仅在于说出、证明结论，而在于说明和论证的过程，也许还需要补充，更重要的是，以精审、严密、幽雅、含情的笔触，委婉曲折、娓娓陈述、细致描绘，文学地来呈现和寓意于叙事状物中，就是前人说过的考据、义理、辞章。

（3）他评骘徽钦二帝。这是《土囊吟》这篇出色的历史文化散文所"处理"的一段"痛史"。徽钦二帝，主要是宋徽宗，作为亡国之君，却又是一代杰出的艺术家，是很可以写一写的。不过向来专写他的文字并不算多。而《土囊吟》"用写意的技法，简练勾画了二帝由龙庭端坐、锦衣玉食到囚絷青城，最后被羁押到东北苦寒之地，饱遭凌辱以终的故事，并题诗以证：'造化无情却有心，一囊吞尽宋王孙。荒边万里孤城月，曾照繁华汴水春。'"这立意，这首诗，都堪称佳作。但有意味而具有思想性之处，却在于其点睛之笔：

有趣的是，过了一百零七年，金人降元，元军亦于开封近郊的青城下寨，并把金宫室后妃皇族五百多人劫掳至此，尔后全部杀死。"兴亡谁识天公意，留着青城阅古今。"（金人元好问诗）历史潜隐着循环与因果的种子，潜隐着神秘难测的悲剧魔影，历史的公正标尺被埋藏在人类的良知的大地里。

总体上，我感受到这里有四个方面也是四个层次的确立：一、历史资料的选择；二、既有历史资料的安排组织；三、主题的确立；四、有意味、发思索、"巧思妙文"的表述。应该说，王充闾这批散文，这几点是都做到了、做得好的。这显示了他在历史知识、史学素养和文学修养以及这几个方面的综合的、汇融的状态甚为良好，准备充分、储备丰厚，故而厚积薄发、游刃有余。

几十年来，他对于历史题材的文学作品，一直情有独钟。童年时代，他就屡屡在自家场院，黄昏时分，听大人讲"肥唐瘦汉""南朝北国"。进入私塾，读过的许多典籍也都是历史，他读过《史记》《汉书》《纲鉴易知录》这些经典，还认真研究过《后汉书》；而于司马光的《资治通鉴》、冯梦龙编的《东周列国志》、刘义庆的《世说新语》等，更有浓厚兴趣。而且，还受过鲁迅的名文《魏晋风度及文章与药及酒之关系》《题未定草》等的影响和熏陶，而后者称得上是后来的历史文化散文的前驱和范本。这是相当充分、相当有层次的准备，堪比史学专业的本科毕业以至研究生的水平吧。

但仅此还不足以取得上述的业绩与成就。

史识和思想，是最重要的。按照法国年鉴学派的历史观来说，历史都是后人根据史料在今日的重构。为了阐明已经提炼的主题，需要选择史料，按"己需"，即已经形成的思想主题，加以重构。这一点，王充闾做到了，他严谨地依据史料，巧思精构，重构了关于魏晋、关于辽金的一段历史，以及关于徽钦二帝命运沉浮的钩沉索隐。年鉴学派还认为，历史学的任务不是描述历史，而是解释历史，是现在的人同过去时代的人"遥相交往与理解"。王充闾的这批散文，正是做到了这一点。这些正表现了王充闾的创作确如年鉴学派所说的：历史，是史学家对客体的一种有效把握，是认识主体的精神的积极创造活动。

需要说明的是，以上都是在史学范围内对王充闾历史文化散文的评述，这还只是"一半"；更重要的是，他这一切"史学业绩"，都是以文学的形态表达、呈现的，是"文学的史学论文"或称"史学的文学作品"。

这批历史文化散文，处理了也论述了一批中国历史上可论可述的历史事实、重大事件和历史人物，总合起来，揭示其母题、主旨、意蕴之所在。

这使我想起周扬有一次讲话中，对鲁迅思想作品的概括。他说，那就是王船山所说的"知人论世"四个字。——不知周氏何所据，我后来查检，"知人论世"出自孟子的《万章下》。但周氏是如此说法，我没有记错，因为他说时，湖南口音甚重，王船山读为"万传散"，我猜了很久才悟出是"王船山"。——谁说的暂可不顾，只是这"知人论世"四字，用来概括王充闾这批历史文化散文的母题、主旨和意蕴，我以为也是合适的。要说做到这一点，虽然仅仅四个字，其实要达此目的，是很不容易的。它要求作者既掌握历史的准确事实，又要得其精髓，循其规律，具有史识，所谓文章"义理"存焉；还要具有自己的独立见解，人云亦云，味同嚼蜡，则休矣，哪能有引人阅读的引力，而启人遐思？再就是表述的思理清晰、清顺畅达、温文儒雅、辞章整饬。就是素来所说"考据、义理、辞章"，此三者，王充闾均达上乘矣。

4. 历史只有被赋予精神，才有灵魂

王充闾在坚持历史唯物主义的前提下，还服膺法国年鉴学派，借鉴其历史观念，由此而获得历史灵感和思想火花。

本来，马克思主义理论就是年鉴学派的理论根源之一，前者影响了后者每一个发展阶段。法国新史学（年鉴学派）与马克思主义在不少方面有共同之处，如带着问题研究历史、跨学科研究、长时段和整体观察等等。年鉴学派的理论前贤克罗齐说得好："历史只有被赋予了精神，才是活生生的历史。"所以，历史必须由历史学家加以重新体验和赋予生命才能成

为真正的历史。充闾的历史文化散文"见魂不见痕"地将历史唯物主义和法国年鉴学派的理论资源和史学精神运用于其中，虽不见旁征博引，却得其精魂而应用之，对历史加以重新体验和赋予生命，使得自己的文章有见地、具史识、蕴丰神，剖历史之真谛，揭古人之神魂，评骘古往今来，含蕴现代批评。正如他自己所总结的：《叩问沧桑》《陈桥崖海须臾事》《细语邯郸》《土囊吟》《文明的征服》《狮山史影》等系列散文，凭借名城胜地载体，诗意运思、直觉领悟，展开超越时空的对话，揭示体现历史必然性的规律性认识，传递了某种灵光闪烁的哲思与禅趣。这些自我评析，都是实情，准确得很。

我集其咏史诗句而成一七律，以概括其文章精神和艺术神韵：

> 茫茫终古几赢家？帝业何殊镜里花。
>
> 血影啼痕留笑柄，八王堪鄙冷唇牙。
>
> 一时快欲千秋骂，民意分明未少差。
>
> 叩问沧桑天不语，邙山高处读南华。

5. 王充闾这批散文产生的意义和价值

至此，应该说说王充闾这批历史文化散文的产生及意义和价值了。

它们产生于20世纪的90年代。这是一个什么样的年代呢？

中国的改革开放已经取得巨大成就。一方面是商潮汹涌，一时间产生了"十亿人民九亿商，还有一亿等着办"的幽默风趣的说法；另一方面，则是人们的议论纷纷，思索当今与历史，既总结历史的经验教训，又想从历史的过往中，寻找"现代灵感"，所谓"追往思今"，安排好今后的路。这样，历史的整理与探究，就提到了现实的议程。这正表现出中华民族又一次进入黑格尔所说的"民族的自我认识时期"，也是表现了一个民族进一步达到高一层的成熟阶段，以至"重写历史"的呼声也出现了。在学术思想上，则是"文化热"过后，进入"历史热""学术热"。而其"正面的负面表现"，用李泽厚的说法，是"学术上去了，思想下滑了"；王元化针对此种情况提出颇为人们赞许的"有思想的学术和有学术的思想"的说论宏议。在文学上，在历经伤痕文学、反思文学、改革文学之后，出现了寻根文学，以及文学多样性的追求。

王充闾历史文化散文，就产生于这样的历史潮流中，就出现在这样的思想学术和文学艺术的状态中，也就是丹纳所说的"时代的精神气候"中。从他的创作成果来审察，这既不是随风跑的"赶浪头"，也不是浅薄的"趋时"，而是感受到"时代的精神气候"，认识到社会之所需，思想文化之大势，所做出的抉择与回应。我没有能够同充闾同志在这方面做过深入的交流，向他请教，所以说不准他在这方面的自觉程度达到了哪一步，但可以断定，他自觉不自觉地是感受到时代的体温，内心又有自己的认识与思索、探究与追求的。这是当时有责任感的知识分子的共识。以此，他创作的这批历史文化散文，是对时代需要的思索与追求、感应与回应，或者叫"文学的应答"。我们看其结果，他的思索与应答，是具有深度的，是时代的精神产物，又反映了时代的精神，而且是有水平、有意义、有现实价值的。现在"回过头"去看，他与当时的"世弊"相反，作品的学术与思想都"上去了"，做到了"有思想的学术，有学术的思想"。不过他是以文学的形态现身。以此，该可以说是历史、学术、文学三个方面的收获和业绩了。

日本著名学者桑原武夫的《文学序说》对文学有一些独自的见解。他有一个说法："散文在文学的世界里带上了市民阶层的特色。"我觉得此论有道理，甚可取。黑格尔是最早论述社会现代性的学者，他认为现代化社会就是市民社会；马克思则说这种市民是"原子似的个人"。综合这些论述，就是在现代化社会里，市民这个阶层个体性、私人性增长了，个人——"我"的意识很强，这是人的进步。因此，个人的表现欲和发表欲也都增强了，也有这个自由了。个人的自我意识增强了，自我表现和发表欲实现的客观条件也具备了。这是社会自由度增长的表现。

这在文学界的表现，就是散文的发达。我们现在正在急速现代化的进程中，"市民社会"也在"社会结构转型"的过程中产生着、产生了。中产阶层的产生和发展，就是具体的表现。而在文学上的表现，就是写散文的人数众多。专业和"民间"的散文写作队伍，可以说是庞大无比；还有更多的网络文学的散文写作者，更是各行各业的人都有，遍布中华大地。这是时代的文学大浪潮。有思潮和文学浪潮，即"普及"，就会产生、养育优秀的、杰出的代表和领军者，体现"提高"的作家和作品，前者是"水涨"，后者是"船高"。曲高和不寡。优秀的散文作家以至散文大家，就这样产生了。可不可以这样来论述、评价王充闾及他的散文？他是站在国之散文大潮上的优秀代表之一，历史文化散文花园中挺立的秀丽一枝。

6. "事是风云人是月"，评骘人物在见识

历史史实与历史人物的关系，"风云"与"月亮"，这一比喻所诠释的"历史观念"是很准确的。王充闾就是凭此见解，撰写一批品评古代人物的历史文化散文，其中写到李白、苏东坡、纳兰性德等名家大师。既显示了史实的精确掌握，又以高超新颖见识予以真言评骘，更以化传统文学话语与现代语言以及"输入"的"译文话语"为"三位一体"的文学话语表达，其语言风韵与处理的史实对象契合，内容与形式汇融，而成恢宏细腻、娓娓叙述、夹叙夹议的体式范文，并透着传统中国散文的骨骼与风韵。

7. 女性的赞歌

赞的是女性，显示和潜隐的是对于女性、爱情、人伦的深层评析与诠释。

赞誉了中国古代苦命女性词家李清照、朱淑真，以及生平坎坷的英国勃朗特姐妹。选题、选人皆适当。爱情是文学永恒的主题，爱情离不开女性，女性也离不开爱情，爱情、女性、人生感悟、生命体验、男性世界、社会离乱等等，皆在其中。所以女性赞歌，同时也是历史、社会、人生的吟诵与思索。

历来写李清照的多，写朱淑真的很少，作者弥补了这个缺欠，为文学史补了遗缺，给朱淑真写一专论，值得，有内容，有真情深意。

这样写英国的勃朗特姐妹的也很少。只是"一夜芳邻"，就伸展开来，敷衍成文，情文并茂。

这里实际上涉及比较文化研究，既有主题学研究，又有平行研究。虽然并没有把三者——东西方两个国家的不同时代的女作家、诗人，在同一篇文章中做这样的比较；但是，三篇文章的内容，成为一组"散文束"，构成了这样的比较文化研究；而重要的是，文章之诞生，标志着作者的创作心理中，存在这种中西文化的比较研究。不同民族、不同国家、不同时代、不同人生经历的三位女性作家，写诗词，写小说，经营的文学体裁、题材、社会生活，都完全不同，但是，她们的痛苦经历，她们的不幸，她们文学的情愫和倾诉，她们的心灵的纠结与忧伤，是作为女性的"共同"而存在。而她们不同的经历、不同的创作、不同的"文学倾诉"，丰富了人性，丰富了女性性格内涵，丰富了文学的成就。

刍议契丹的萧观音，其才、其命运、其文学成就，均颇为不凡；更因其族属契丹又属辽国，且是皇室至尊，贵为一代皇后，政事、文事两擅长，命运起伏更跌宕，豪放曾经、凄苦终结，大起大落，较之李清照、朱淑真，更具丰富、复杂、深邃之内蕴，还有民族性，似乎也可以一赞。

由此我还想到，作者可不可以写一组论述中国少数民族诗人的历史文化散文，他们是：辽代的萧观音、元代的萨都剌和清代的纳兰性德。他们的诗词，都很具有个性而又具高超的艺术韵味。不知是否可以大致这样概括：萧观音的悲怆；萨都剌的沉郁；纳兰性德的情爱。

8.师徒、朋友，谠论箴言

选取"师徒"和"朋友"的角度，来审视评骘曾国藩与李鸿章、陈梦雷与李光地，很确当，很有意思，可达历史的深度、人伦的骨髓、社会的膝理。以"用破一生心"来点破曾国藩，也有同样的意义和作用，真是说到"曾剃头"的骨髓里去了。"灵魂的拷问",拷问李光地的灵魂,也是同样的意义和作用。

读者可以从历史的评析中,听见现实的谠论与箴言。

世人—时人应该好好谛听并思索之!

9. 翻开历史篇,清算帝王事

《龙墩上的悖论》——古今多少帝王事,任人评说论当今。

这是一个很好的命题,很有思想性,也很有创意。

悖论,本来就是一个既吸引人、诱惑人的命题,又是一个令人困惑、难解、迷茫的命题。一切人间事,都存在某种悖论,而在帝王身上,就显得特别鲜明、突出、尖锐,特别纷杂、纠结。因此,拿他们来说事,就显得更加分明,更加凸显,更加令人思索。论说功名事业也好,论说人伦世故也罢,或者论述人生感悟、生命体验,拿皇上来说事,都富有尖锐性,也具有特例中的普遍性,发人深省。

帝王的龙墩上的"悖论",基本的大概是两个方面吧。一是,他们总希图自己的家天下——所谓帝王之业,能够传之万世,但是事实上总是历经若干世,必然终结,或长或短,终究被他人取代。他越是试图传之万世,费尽心思、绞尽脑汁、使尽手段、无所不用其极,便越是无济于事。越想长久,就越是短命。二是,他们总想长命百岁,死神不来光顾。从秦始皇开始就是如此,但是,没有一个长生不死的,倒是短命的多多,长寿的少少。

还是美国历史学家魏斐德在《中华帝制的衰落》中论明朝帝制的衰落时,总结的历史规律带有普适性。他说,明帝制的衰落经过三个阶段:"政治与军事充满活力的青年时代……,和平与稳定的中年时代……,继之以孱弱,最宿命式的衰落。"所有帝王,率皆如此,概莫能外。"龙墩上的悖论"!

我这里只是概而论之,事实上,王充闾所写的这些帝王的龙墩上的悖论,无论巨细,范畴、论题、诠释,可比我这里的概括要广泛得多,深刻得多。

他对从秦始皇到清太祖努尔哈赤的诸多皇帝，多有具体而深邃的论述，对他们的王业与人生，都有箴言谠论，剖析评判，令人思索并获得启迪。

这样的系列历史文化散文，不仅很有特色，而且，非一般作家所能为。只有作者这样的具有丰富扎实的历史学养、国学根底和思想高度的作家，方能写出。这里远不仅是评骘历史人物，剖析几个帝王及其帝业，而且有着丰富的深刻的史评、性格与命运的剖析，更具有当今时势、世事的评论。

作者总结的"五条"，是很有历史文化意义的。前述"谠论箴言"此处也深层地显示了。

10. 关于作家类型

韦勒克和沃伦所著的《文学理论》中，提出了一个作家类型的划分问题。借此议题，我想自己立几个类型划分，即理性型、情感型、综合型。杜甫是理性型，李白是情感型，应该可以成立；现代作家里头，郭沫若是情感型，茅盾是理性型，也说得过去吧，鲁迅就是综合型的。《文学理论》中说，这种综合型，是"最伟大的艺术家的类型"，"这种艺术家终究能战胜心魔，使内心紧张状态达到平衡"。而歌德，以及但丁、莎士比亚、巴尔扎克、狄更斯、托尔斯泰和陀思妥耶夫斯基，都属于这种类型。鲁迅也是如此。

做这种分类，我是想借机讨论王充间属于哪种。我的意思是归为理性型，不知确否。当然，这只是说的主要倾向；理性型，并不是就没有感情啊。还有一层意思是，他的文章中，哲思、历史批判、理性分析，多而强。再有，就是希望，这种优势和特色，发展下去，不断提高；当然，这并不妨碍文章中情感的飞扬和抒发。而且，还可以向综合型发展，虽不能至，心向往之！

此论，不知充间以为然否。

11. "向内转"——"向外移"与"向内转"

这时期，作者退居二线，在职务上是"向外移"，而且，由于作者的心——"创作之心"坚定不移，所以在"二线"上，有意超脱，因而更具"向内转"的向性。"心灵化""主体化""个性化"，这个总结，很符合实际，也颇为深刻。这实际上是作者的"盛年变法"（现今，人到六十不为老；作者的心态更不老，故称"盛年"）。也是作家的思想与艺术上的升华、飞跃和进入新的境界。

第六章　攀登，乐在苦中（2007—2014）

1. 杰士大师，矛盾复杂

这里提到三个历史人物：德国的歌德、俄罗斯的托尔斯泰和中国的瞿秋白。写了他们的杰出，也写了他们的矛盾和复杂。从一般历史评述，到专论帝王的身处"龙墩"上的"悖论"，现在，则书写杰士大师，文化巨人。他们均属不易论的人物。歌德与托尔斯泰，论者多矣，研究者夥焉，属于难处理的论述对象。瞿秋白属个性特出、命短、事迹纷繁的历史人物，也是论来不易的。但作者抓住他们共同的特点：矛盾与复杂。这就抓住了要害关键，论旨得以独树一帜，由"局部""一点"而深刻。

这里是又一个明显的飞跃：对德、俄文学大师的论述与评骘，笔触伸向异域，进入外国—西方文化领域，作者在知识结构上，中西文化结合，表现于论述对象和文化界域之中，"国学—西学"汇融，文化、思想、艺术均进入新境界了。

瞿秋白则完全是另一类型的人物，不同于歌德和托尔斯泰，除了矛盾和复杂的性格特征与两位外国文学大师一致以外，他就只是他了，是"这一个"。这里写烈士瞿秋白，充满了诚挚的感情，文笔也深沉蕴藉，笔锋含情。他对瞿秋白的总结性分析，是很到位和恰当的。

而他的出处、素养、个性、气质，更为这种矛盾冲突预伏下先决性因子。他是文人，却不单纯是传统的文人或现代知识分子，而是革命文化战士；

他是政治家，却带有浓重的文人气质，迥异于登高一呼、叱咤风云的统帅式人物。这样，也就决定了他既能毫无保留地献身于革命事业，却又执着于批判精神、反思情结、忏悔意识、浪漫情怀等文人根性，烙印着现代知识精英的典型色彩。可以说，这是使他困扰终生的根本性矛盾。

这段论述，既是对瞿秋白的性格特征的评述，又是对于他的"绝命书"《多余的话》的精到分析。

这里也同样涉及比较文化研究的母题。西方文化的德国的歌德，不同于属于西方文化却蕴含东方文化质素的托尔斯泰；东方之子的瞿秋白，就更不同于他们。而且，前两位是作家，后一位是革命家兼作家。他们的心态、思想、灵魂，是完全不同的，但是，他们的命运，他们的思想，他们的为民族、为人民的命运的心力和献身，以至他们的文学诉求、表现和成就，都有相通之处。王充闾是揭示了他们的"复杂"和"矛盾"这样两个共同又不同的"点"，来做了分别的比较文化研究的。

恩格斯曾经揭示歌德的两重性，即"复杂"与"矛盾"。他指出"歌德有时非常伟大，有时极为渺小；有时是叛逆的、爱嘲笑的、鄙视世界的天才，有时则是谨小慎微、事事知足、心胸狭隘的庸人"，"在他心中经常进行着天才诗人和法兰克福市议员的谨慎的儿子、可敬的魏玛的顾问之间的斗争"。关于托尔斯泰，列宁曾经说，他作为作家是伟大的，作为思想家却是渺小的。而王充闾揭示瞿秋白的复杂与矛盾，则是革命家与文人之间的困顿与纠结，就是瞿氏自我解剖的"拿了狗来耕田"。

这样三个典型的中西比较文化研究，是有内容、有思想、有意味的，很值得品味和思索。在我，尤其是注目于瞿秋白。

这种比较文化研究，虽然是对中外杰出人物的心灵解剖，但他们作为伟大的代表，其中存在作为人类共性的东西，集中、突出、尖锐、"伟大"地表现出来，这对于凡人认识和解剖自己的心灵和心之困惑，也是富有启迪意义和警醒作用的。这应该就是王充闾这些历史文化散文的更普泛的教育意义和现实价值。

2. 时代精神的产物和反映时代精神的作品

读王充闾这一系列的历史文化散文，我想到他和他的作品与时代的关系。

我觉得，应该说他的这种文学作品，一方面是时代的精神产物，一方面又是反映时代精神的作品。时代成就了王充闾，王充闾以他的作品反映了时代。这应该看作一位作家的可喜的成就和奉献。

文学和社会是分不开的，而社会是"时代的社会"，它和时代也是分不开的。我很奇怪的是，前几年在一家党报上，看到几位知名教授大谈什么"文学与时代没有关系"，这论调使我惊讶不已。文学是时代的产物和反映，这是基本常识啊，丹纳在《艺术哲学》中，维克勒、沃伦在美国文科的基本教科书《文学理论》中，都突出而详尽地论述过文学与时代、与社会的密不可分的关系，这是非马克思主义的资本主义国家的文艺理论家、教授的论说；至于马克思主义文艺理论，就更不用说，是"历史—文化批评"，绝对地肯定文学是时代的产物和反映的这个基本论断。再说中外文学史上的事实，在文学史上留下刻痕的世界各国的著名作家及其作品，之所以流芳百世，就是因为他们的作品反映了他们所处的那个时代。从古到今，概莫能外。但丁、莎士比亚、塞万提斯、巴尔扎克、司汤达、雨果、普希金、果戈理、托尔斯泰、陀思妥耶夫斯基、契诃夫等等，不都是如此，不都是明证吗？你听丹纳说得多么好：

这个艺术家庭还包括在一个更广大的总体之内，就是在它周围而趣味和它一致的社会。因为风俗习惯与时代精神对于群众和对于艺术家是相同的；艺术家不是孤立的人。我们隔了几个世纪只听到艺术家的声音；但在传到我们耳边来的响亮的声音之下，还能辨别出群众的复杂而无穷无尽的歌声，像一大片低沉的嗡嗡声一样，在艺术家周围合唱。

这段论述所论证的主旨就是：艺术家和他们的作品，同时代、同同时代的群众，是一致的、相通的。群众和艺术家的作品，在当时和几个世纪以后，都会产生共鸣，都在合唱。他们之间有着音乐中的主调与和声的密不可分的关系。

我为什么唠叨这些？也是有感而发。因为现在既有上面所说的"教授新鲜理论"，又有作家们的实践呼应。新时期以来，文坛回响着这种声音："我写我自己""我的写作与时代无关""离时代越远越好、越高超"，还有什么"下半身写作""写下半身"等等；还有什么反社会、反理性、反理论、反传统、反崇高、反审美等等。其实，他们自己的这些"宏论""高调"，本身也是时代的产物，只不过是消极的产物而已。想想，20世纪40年代，血与火的时代，能产生你们和你们的"宏论"和"大作"吗？以后的50、60、70年代，以至80年代早期，能产生你们和你们的"宏论"和"大作"吗？产生了，你们能够存在吗？说实在的，这种"宏论""大作"，说是"脱离时代""与时代无关"，却正是像鲁迅所讥讽的：是自己拽着自己的耳朵要离开地球。

在这里讨论文学与时代的关系，是要在大局上，肯定王充闾的创作方向及作品的思想意义和艺术价值。作品足称"时代的精神产物""反映了时代精神"，这是作家的光荣和成功；他的作品，会在后世存在并谛听到群众的和声。

还是桑原武夫的话："人类历史的发展，尽管伴随着无限多的错误与罪恶，但在此过程中，自由的人却在逐渐增多，这个事实可以称为进步，而文学就反映了这个进步。"他举例说，拿希腊神话《达芙妮丝与库罗恩》和萨特的小说比试孰优孰劣，是愚蠢的；但是，"后者与前者相比，反映了人类社会取得了更多的自由，技巧也更进步了"。以此论来论王充闾的散文，就能够感觉到，他的大量散文，论述、评骘了众多中国历史上的重大事件和历史人物，并专门论及皇帝。这也不是偶然的。从大的生活环境和时代背景来说，他的这么一大批历史文化散文，正反映了历史的进步，我们的自由更多了，更重要的是，我们在思想上和文化学术、文学艺术上，也都进步了，连技巧也进步了。王充闾以他的大批历史文化散文及其达到的高度和深度，体现了这种历史的、民族的、文化的进步。他是这种进步的代表者之一。

我唠叨这些，也不知充闾同志是否认可，别人又以为如何。愿听方家指正！

3. 从广阔的视野眺望历史文化散文的深层意蕴

阅读至此，我以为可以也应该讨论一下这个属于历史哲学的问题；凭此，可更深一层地分析、理解王充闾的历史文化散文。

德国历史哲学家奥斯瓦尔德·斯宾格勒的巨著《西方的没落》，起笔于1912年，初稿趋于完成于第一次世界大战爆发的1914年，而第一卷出版于战争即将结束时的1918年。它的问世，不仅震惊当时，而且在今天看来，还仍然具有现实的意义，令人瞩目和深思。因为，美国历史学大师雅克·巴尔赞的《从黎明到衰落——西方文化生活五百年，1500至今》出版了。这部巨著，出版于2000年，即20与21世纪之交。作者著此书，三十岁时构思，五十余年酝酿，八十五岁动笔，九十三岁出版。这部历史巨著，在《西方的没落》问世八十多年后，继其余绪，又一次唱出了西方文化衰落的挽歌。——我特意把两部巨著的著述过程和起笔、完成、出版的年月标出，是想以此将之纳入时代的巨流和历史的大潮，来思考它们的深沉的历史与哲学的意义以及现代价值，并且提供一个今天"抒写历史"或"历史抒情"的文学作品的背景，也就是试图借此来讨论王充闾的历史文化散文的创作大背景和现实意义。

斯宾格勒之巨著，从起笔、撰写到出版，均与一战之起讫叠合，这不是偶然的，它标示着一战之爆发，即开始显示西方文化的下落趋势；而雅克·巴尔赞之巨著，则是经过近一个世纪的观察和酝酿，切实把握了西方文化的衰落运命，才"横空出世"。这表明，西方文化的没落，从20世纪初到 20 与 21 世纪之交，历经百年风雨岁月，终竟到达末期。当然，这都是从最深层的、基质的层面上的观察和结论，而在"外层"上，西方文化虽然衰败其内，目前却依然显其辉煌于世，尤其在现代科技方面，但在人文方面，却衰相尽显。

季羡林先生大概未及见到雅克·巴尔赞的原著或译本，但先生早就断言"三十年河西，三十年河东"，西方文化没落了。又说："西方文化没落了，怎么办？有东方文化在，有中国文化在。"虽然有不同意见，他仍然坚持。我是同意季先生意见的。不过，当先生健在时，我未曾就此事发过言，以避攀附之嫌。但先生离世后，我就此问题，详细地发表了同意先生论据的意见。

早在 80 年代中期，即有美籍华裔学者提出"21 世纪是中国的世纪"的论断，但不仅遭到质疑，而且引起非议。现在，事实证明此论非虚，今日之中国在世界上举足轻重、一言九鼎，在国际事务中，发挥着极为重要的作用。而且，正是在 20 世纪 80—90 年代，国际上就产生了"回眸东方"、重视中国文化的大趋势。

从广阔的视野眺望，历史文化散文的兴盛一时，就是在这种国际、国内大背景下产生的。它们在客观上，在文化底蕴上，正是对这种文化大趋势的回应；正是对"文革"历史混乱的拨乱反正，欲以正史"以正视听"，把正确的历史观输入读者群。而且，也是在此背景下，中国人产生了文化自信与民族自豪感。作家作为时代的感应神经、民族的思考人和发言人，自觉或不自觉地，用文学的形式，做出自己或浅或深的反应与反映。

属于这一"文学兴盛"之中的王充闾系列历史文化散文的思想学术和文学意义的蛛丝马迹和深层意蕴，即在其中。

在这里，我再进一步探讨一下王充闾作品在这方面的具体表现。

斯宾格勒在他的著作中，专设第三、第四两章，来讨论"历史和历史哲学"问题，其标题分别为《世界历史的问题（A）观相的与系统的》和《世界历史的问题（B）命运观念与因果原则》。我不可能哪怕稍微细致一点地来简述其极为丰富的内容，但为了讨论王充闾的历史文化散文，却想借此移用三个可取的历史哲学的概念和命题。一个是"整理历史的材料"，一个是"历史的意象"，一个是"历史"与"现在"的血肉关系。

第一个是"具体的"，但有抽象的内在含义。第二个则是抽象的，但有具体的内容。第三个则是"很现代"的。我以为，这三个寓意深刻的历史哲学命题，适用于讨论王充闾和他的"中国的历史文化散文"。

所谓"整理历史的材料"，不是一般地盘点历史，而是有因缘、有机遇、有现实依据和紧迫性，因此也是有目的地对历史的回顾、思索、考究，欲从"历史的考究和沉思"中，得出"现实的答案"。

"整理历史的材料"其时代表现，除了历史研究与文化研究的学术著述不断问世，"文化热"热遍神州，就是历史文化散文的产生与勃兴了，当然，还有寻根文学的产生。

王充闾的历史文化散文，就是在这种历史时期和时代要求下，在这一历史文化热潮中出现的；不过他既不是"首义"者，也不是跟风者，他是在这种"热"的中途进入阵营的。这说明这至少是观察和思索之后的作为，故他一出手，就脱颖而出，引起关注，而后步步进展。文化的现象和潮流，往往是"中途进入"者，方是坚持不懈并取得真成就者。

从以上的回顾中，可以更深地体察出，历史文化散文的深沉的、世界的、历史的、民族的与时代的意义和价值。

就王充闾的创作来说，如果说这是"跟"，而"跟"中有"创"；那么，下一个命题，就是"创"了。

4. 王充闾创立的几个"历史的意象"

这"创"的方面，就是"历史的意象"的提炼和论说，当然，是以文学的形态出现。他所提炼、"锻造"的"历史的意象"主要有"历史的苍茫""事是风云人是月""龙墩上的悖论""（历史人物的）人格图谱"等。这里只是列其要者而言，至于文章中时不时出现的"小"历史意象，就不暇论列了。

"历史的苍茫"，具有一种迷蒙隐晦而又颇具意蕴的内涵。它正是面对被搞乱了的中国历史的现状而提出的。这种"历史的苍茫"感，尤其面对漫长的中国历史更加深沉；又尤其是面对被遮掩、歪曲、涂抹、造伪的几千年漫长历史，更是这样莽苍苍，迷乱人眼惑人心，诱使人也逼迫人去一探究竟。而王充闾的一系列抒写"历史的苍茫"的历史文化散文，正是既写其苍茫，又揭示其苍茫中的意义和真谛。虽为一家之言，然而言之有理，启人思绪，抒写博雅，便招人一读为快。

"事是风云人是月"，提炼了一种有趣的历史意念：历史事实好比风云，而人物，则是风云中的月亮。这比拟，揭示了它们之间不可分又各有风采、各具意义的血肉关系。这个历史意象，适用于许许多多"史实"与"人物"关系的认识与分析、解读。

"龙墩上的悖论"这一历史意象，就更具历史与文化的意蕴了。这"悖论"，不是发生在一般地方、一般人身上，而是在"龙墩"上，在"皇帝老子"身上，复杂、尖锐、奇特、诡异，无所不有；但是，这种特异、个别的悖论，其深层意蕴或曰"说到底的意思"，也有与一般人相通之处。既启人思索皇位、极权、至尊的终极意义，也可发人深思：人生与生命的真谛与价值究竟何在。它是一个既是特例又具普适性的命题。

"人格图谱"意象，应该是研究历史人物与历史的十分有趣的议题，又是可以使历史与历史人物研究深入究底、触及腠理的"切入角"。多少历史事变与事件，多少英雄的故事，多少奇人异事，多少宫廷争斗、宫闱秘史，可以从人物的"人格图谱"中得到进一步的诠释与"解密"。这一"历史意象"，具有广泛而深沉的意蕴，可为一把历史"解密""诠释"的"个体—私人钥匙"。事实上，他在分析评骘曾国藩、李光地以及诸多"龙墩上的人物"，就已经或明显或潜在地运用了"'人格图谱'分析—解剖"法了。

至于"历史与现实的血肉关系"，斯宾格勒解释他提出的"浮士德式的历史研究"时说："这样一种研究意味着我们有足够的超然去承认，任何的'现在'都只是因为有某个特殊的一代人为参照，才成为现在的。"这意思就是，都因为有"历史"为参照，"现在"才成为"现在"。也就是说，只因为有历史的参照，现在才得以存在，"历史"是"现在"存在的前提。这不仅好像是有父祖才有子孙，而且还因为只有拿"历史"来对照，才能够认识"现在"的性质和意义。那么，20世纪80—90年代的历史文化散文的产生，回顾、述说、论列的是"历史"，诠释、反视、究诘的也是"历史"，特别是此前几十年的历史，以及被歪曲、丑化的历史，并理解、正视、重视当前的"现在"，是沿着正确方向进展的。这就是当代历史文化散文的深层现实意义和价值。

王充闾的历史文化散文即是这种文学大潮中的一朵硕大的浪花。

5. 为庄子立传——新创获、新成就、新境界

为庄子立传，本是一个难题。一是生平事迹少，文献记载有限得很；二是解读难。一般为其写文学传记的作家，难于解读，学养难达到；为其撰写学术传记的学者，文学修养不足。本书作者则二者皆具，并且，学养丰厚，文学擅长。

所以，定性：这是一部学术性文学传记，又是一部文学性学术著述。

定位：这是一部优秀的具有学术特色的庄子文学传记，也是一部具有文学性的论述庄子的学术著作。可为"庄学入门"，可做"庄子读本"。

我很欣赏作者定庄子为"性情中人"，这是学术的解读，更加是文学的解读。关于庄子的"五境""五界""五域"的概括，既是学术的又是文学的；关于庄子的"十大谜团"的提出和解读，也都有学术性和文学性。命题本身就如此；而陈述、解读、诠释，学术为骨，文学是血肉。尤其"'前古典'与'后现代'"的"首尾衔接"的提出与诠释，是颇为精彩的。这使我想起海德格尔与老子"殊途同归"性的"学术终结"。——海德格尔说"思中持久的因素是道路"，并明言他所言"道路"，就是"老子的'道'"——

一切是道。

这些，都具有独到性、独创性，在学术上和文学上皆如此。所以我以为，这部论述庄子的著作、这部庄子的文学传记，可以属于目前学术界新兴的新子学的范畴。

我且尝试归纳言之，约如此数条：

一、庄子传本不好写，但王著写得很好，计有三好：第一，内容丰富。对于写庄子来说，这是比较难的，因为生平资料少，而过多讲学术，又多"阅读障碍"。第二，诠释准确。这在学术上也是比较难，甚至可以说是相当难的；但王著写来显得雍容开阔，说理充分，诠释得体，并提炼、归纳了自己独特的"解庄"范畴、理念和概念；其中既有继承前代学者诸多研究成果的论说，又有自己的理解、发挥和解读。第三，表述具有学术与文学结合融汇的特色和胜出亮点。既具学术的骨骼，又有文学的血肉，两者契合无间，是把握了"庄子精神"者方能为之的。

二、提出了"读庄—解庄"的根本要求，就是：心灵投入，心境契合，灵魂对接。这三条提得很好，很有见地，是读庄、理解庄子的"心之钥匙""学术门径"，这也是王充闾的重要心得。如果没有心灵投入，读庄，就总是"隔"的，论述解说，"以学术对学术"，不关心灵，难得其神；而如果没有心境契合，则难免南辕北辙、隔靴搔痒；倘若灵魂不对接，则会在低层次上与庄子对话，或矮化、世俗化庄子。

三、提出庄子是"性情中人"，是把握庄子精神、理解庄子思想学说的既脱俗又抓住亮点特色、深层意蕴的提炼。他解读"性情中人"说，庄子"怀有极其鲜明的恨和爱……他在'一鞭一条痕，一掴一掌血'地抽打着生存的现实及其统治者，心中充满着愤懑、恨怨之情，冷嘲热讽，嬉笑怒骂，有时还血气偾张"。这是怎样的一种"性情哲学""哲学性情"！如此解庄，抓住其特性特色，点其思想—学术之"穴"矣，如此，庶几可得庄子思想学术之"神韵"。

这使我想起海德格尔说的"思"与"诗"的关系，他说"思与诗不可分"，

"诗是'思'之诗，思是'诗'之思"。海德格尔的这个概括，很符合庄子的思想学说的特色：思与诗的结合。"性情中人"，即二者会合为一了。庄子之文，虽非诗句构成，如海德格尔所论之荷尔德林，而是散文语言；然而，其文气之宏阔飞扬，其文势之恣肆汪洋，其想象之奇诡神妙，其语言之放言无忌、抑扬顿挫、陈义深邃、丰富多彩，其故事寓言之充满篇章、随遇而得且寓意深奥，如此等等，不是充满了深沉的诗意，堪称诗作吗？此其为"性情中人"也！

四、提炼出"庄子之'道'"的"五张面孔"即"五性"：生活化，自然性，游世的心态，心性化，审美化与诗性化。你看，生活—自然—游世—心性—诗性（审美与诗），这是一个完美的系列，发展的路径，思想的脉络，文章情性的理路，一步步走向审美与诗性，起于哲思，迄于诗性。我觉得，这种"庄解"，就是一种对庄子的现代解读、现代诠释。这是对传统文化的一种正确的态度和继承，是使传统向现代创造性转换的一种"为"。从接受美学的观点看来，"原著"总是只提供"原意"，而读者则在文本"原意"的基础上，进行罗兰·巴尔特所说的"读者的工作"，从而创造出"意义"来。"意义"，离不开"原意"，必须以"原意"为基础，又不拘泥于"原意"——"死读"，而是理解、解读、联想、误读（无意和有意）、诠释、发挥，而产生"意义"。此之谓"阅读"，此之谓解读和"解经"。我以为，王充闾走的就是这种正确的"解经"路数，而其学术之成就、文学之创造，正表现于此等处。

五、庄子"十大谜团"的归纳、提炼，实为妙文，令人击赏。而且，其解读诠释，进一步发挥、推进、演绎，颇具深度，引人入胜。以"谜团"的方式来解庄，是一种讨论的方式、研究的方式、启人思索的方式；敢于这么提出问题，是一种学术自信；能够这样解"谜"，是一种启发、创造。

试看这十大谜团，一个个都挺有"味道"的——是学术的味道、思想与思索的味道，也是研究问题和解析问题的味道。《庄子传》之胜出与优异，这是一个突出表现。

试说一说这十大谜团的"味道"。

简化一些说，十大谜团是：①冷眼／热心；②有情／无情；③权变／游戏；④秕糠富贵／感叹处世；⑤"虚己"／"不失己"；⑥死／生；⑦道可言／道不可言；⑧辩无胜／却辩解；⑨鄙薄艺术／成就艺术；⑩前古典／后现代。

这十大谜团是什么？是人类在认识史上，不断遇到的"天问"即"谜"，人类永远不断地面对这些谜团，解答这些谜团，又否定答案而再续提出，又再续解答。庄子作为古代的伟大思想家，敏锐地感受到这些两相对立的矛盾，反映到他的思想中，就构成他思想上的矛盾，即"谜"；他却又试图回答这些谜团，形成"十个问题"——"十大谜团"。重要的不仅在于他思想中存在这些矛盾，产生了这些"谜团"；更重要的是他在论述中提出了、反映了这些谜团。也许还应该说，更重要的是"做不是最后回答的对回答的思考"，即提出矛盾、解析矛盾、思考矛盾，留下谜团待解析。

至于王充闾解庄，一方面是继承了前辈学人的种种研究成果，汲取了他们分别提炼出的这些"庄子之谜"，又从而发挥、发展，归纳成为"十大谜团"。同样，重要的不仅在于提炼出"十大谜团"，更是对这"十大谜团"的分析与解读。

前面我之所以说这部《庄子传》可视为现今兴起的新子学的一个成果，是因为传统的子学，不是全部，至少是有一部分，把子书作为一种文化化石来对待、来解读，也就是尽力弄清、解析它的"原意"。这当然是必要的、有益的，于解读子书，功不可没；但如止于此，却是很不够的。而新子学的兴起，就是要对子书进行现代诠释，发掘和创获它的现代意义及其对现代的意义。这里包含两层意思，一是现代人对子书的解读和诠释，获得现代人创获的"意义"；第二层意思则是，这种"意义"，对于现代的生活、经济、社会、人生的意义。王充闾的《庄子传》，其中许多新意、新义、新解读、新诠释，就具有这样两层现代意义。这不就是它具有新子学创获的意义吗！能够做到这一点，能够达到这个水平，不是很容易的，是要具备相当的学识、相当的文学水准，才能臻其功的。

故此，我感觉这种著述，在辽宁文学界，唯王充闾能为；在全国，不敢造次，至少可说"难觅其二"。我看过一位大作家写的读庄子的著作，也看过一本大艺术家写的关于庄子的别样的著述，恕我斗胆言之，它们有点把庄子"矮化"了，浅薄化了，也世俗化了。也许于普及有功，但使人有"野狐禅"的感觉。

这部传记的学术范型很有创造性，在内容上，有独到处，对庄子思想学说的解读令人信服。

至此，作者的创作有了一个新创获，取得了新成就，达到一个新境界。

歌德在他的《歌德自传——诗与真》的第二部的扉页，引德国流行的古语："一个人在青春时期所企望的，到老年便得到丰收。"这话语所含的真理，颇为适合王充闾。他，确实是青春时期所企望的，到老年得到丰收了。不过，这句德国谚语，说出的是某种事实和规律，但不是普遍的、必然的、铁的法则。青春时期所企望的，到老年完全失望，成为泡沫，这样的事情、这样的人生，世上很不少；真正得到丰收的，只有那些在"三分人事"上尽心尽力了，付出辛劳了的人。王充闾属于后者。他的文学自传具有教育意义和社会价值，也在于此。不仅仅是"当作家"，无论做什么，都是在"三分人事"上做得够了，才能老来丰收，否则就会是"少小不努力，老来徒伤悲"。

余　论

1. 浅见

说"浅见"，好像有点抬高自己；因为既谓浅见，虽说"浅"，总还有点"见"，但我这里只是说一种感觉而已，谈不上有什么"见"，所以还是说"几点感觉"比较合适。可是已经敲上"浅见"了，我也就懒得改了。说明一下就得。

对王充闾的早期散文作品，有的评论家曾经指出："个体生命体验被过重的文化负荷与历史理性压倒。"有的评论家指出："行文拘谨，没有放开；又兼矜富炫博，诗文征引过多。""有的篇章所承载的文化信息过于密集，导致行文拥塞、文气不畅的毛病。""而带来负面效应，即较明显的'作'文痕迹"。有论者认为，"短短三百余字，几乎都是由诗句、故实构成的。虽然博雅、恰切，但终归是借他人之口表自己之意。这样的语言，毕竟还是隔了一层"。这些评论，充闾都引进自己的书中，并认为是一种"指引"；足见他认同这种评论，也表现了他的"不护短"和谦逊的精神。

我的感觉则是：他有的文章有的地方，有点"浓得化不开"的味道，严重的，有点"黏滞"。

记得我曾经以此为说，鲁迅说文章"删尽枝叶"，就失去生命活气。充闾的文章改进，是否可以考虑增加一些闲枝散叶，使文章多些活气和趣味？引文过多了，有时驱使古典诗文为自己说话，思想、理论、论说、评论过于集中，读起来会觉得有些累，而少了一些闲散的欣赏趣味，冲淡了审美的愉悦。

这里有两点：一是，王充闾散文曾经存在这种不足；二是，后来有很大改进，比如在《庄子传》这样的学术性态很浓的作品中，时不时来上一段有趣的历史逸闻或是趣味故事，这些闲枝散叶的插入，就使文章著述，增加了可读性、趣味性、知识性，也使作品和著述更生机勃勃、神采飞扬了。

还有方言土语、俗语大白话、民间歇后语、俏皮话等等的使用，也会使文章增加趣味，读起来有兴味。当然，这要运用得当，不可变成插科打诨。记得充闾有几篇散文，很好地运用过土语俗语，效果是好的。连《史记》那样的正史，都适当用过当时的口语，像写陈胜起义胜利为王以后，其穷时伙伴在王宫拜见，入宫，见殿屋辉煌，惊讶说："夥颐！涉之为王沉沉者！"据说，这就是秦汉当时的口语。鲁迅也说过："以文字论，就不必更在旧书里讨生活，却将活人的唇舌作为源泉，使文章更加接近语言，更加有生气。"又说:"我以为我倘十分努力,大概也还能够博采口语,来改革我的文章。"鲁迅是重视取自生活的鲜活口语的。"将活人的唇舌作为源泉""博采口语,来改革我的文章",这个方向是值得思考、汲取的。

这也不过是一点想法,未必可取,只是觉得如果这么做,对散文的写作,会起到一定的好作用。

也不知可不可以这样说,在充分的现实主义中,加进一定的浪漫主义的元素。王国维说中国古代的文学传统,一个是北方的《诗经》,一个是楚国的《离骚》,《诗经》很写实,《离骚》想象飞扬,香草美人,上天下地,充满浪漫情怀。那就在《诗经》的襟怀中,加进一些《离骚》的风韵。或者换个说法,在"杜甫的风格中,加进一些李白的神韵"。这么建议充闾,能否成立?

再有一个想法是,以充闾的学识、历史学修养和文学修养,完全可以写一写《看镜有感》《春末闲谈》《灯下漫笔》《题未定草》这样的历史文化散文。鲁迅这些文章,虽然都收在杂文集里,但鲁迅的杂文概念是一个大概念,其实,他的许多杂文就是今天所说的散文,有的还是学术文章。我斗胆说,鲁迅的这类文章可称为"随笔体历史文化散文",它涉及古今中外,纵横捭阖,行云流水,议论风生,读起来,令人兴味无穷。"王充闾历史文化散文",应该备有这样一格文字。那样,会使他的散文大观中,多一道风景线。不知充闾以为如何。

还有一点想法,就是:何妨写一写契丹族和辽代,写一写女真族和金代,写一写满族?其实他在《龙墩上的悖论》中,已经涉及这个题材和主题。

为什么有这个想法,不妨试着申说一下。首先,宋、辽、金,是一个历史时期的中国的整体;如果抛开汉族历史观,它们三个朝代是并立于中华大地上的。美籍华人历史学家黄仁宇论赵宋时曾经说过:"我们却不能完全保持过去多数民族的观点,抹杀少数民族对中国历史的影响。"

一是,宋朝的发展,不能不受到契丹之辽与女真之金的影响,事实上是受到了严重的影响，宋因而分为北、南两宋，经济、社会、文化的发展，都受到消极的和积极的影响。现在，中外史学界关于宋朝都有新的研究思路和新的看法，如《另一半中国史》《重新发现宋朝》等著作的出版。国外有的史学著作认为，宋代是世界现代化潮流的最早滥觞。其影响所及，不能不引发对于辽、金的新的研究。我想，比如一个"澶渊之盟"，就很有写头；"靖康耻"，也可以分析探究吧？

二是，至于辽、金本身可研究者和需要研究者，也都很丰富，有特点。拿辽来说，契丹族就很可以研究，单说胡服骑射，改变汉族的峨冠博带，就是日常而又重要的影响；人物方面，耶律阿保机很可以研究，很可以写；让国太子耶律倍可以写，耶律楚材，一代名相更可以写。女真族和金代、满族和清代，也都是如此，不一一列举了。

这种情况，对于东北人来说，就更应该写了。而且，从王充闾来说，出生地与医巫闾山的关系密切，那儿正是与耶律倍、耶律楚材有历史渊源之处。

基于这些，我觉得充闾可以考虑，写一写他们；也只有他能够写，也能够写好。对于宋史、辽金史和清史，都能写出新篇章，在王充闾的作品系列中，也能出现新篇章。

2. "攀登，苦，并快乐着"……

另外，冒昧提一个不怎么有把握的意见。

攀登，并且快乐，这意思和意境都很好。但是，这一章的题目，可否不采取"苦，并快乐着"这个表述方式？我一直觉得这种表述不够雅驯。好像是从中央电视台的一位著名主持人的一本书名开始，使用这种"把一个固有名词拆开来，'夹馅'表述"的方式说事，如"痛，并快乐着"等等。

我觉得，以作者的高层次学术文化修养，可以有更好的优雅富诗意的表述，甚至可以以诗句为之。结尾很重要。

3. 关于文学的基质和人民性问题

行文至此，我想探讨一个问题，一个文学的本性的问题以及文学的人民性问题。

20世纪90年代和21世纪初，我曾经先后发表过三篇文章讨论这个问题。

一篇是长篇学术论文《文学的三重基质与时代使命》，即论证文学的"基本质素的社会性""本质上的现实主义基核""必然具有的文化质地与文化含量"。秉此，我提出文学无论什么流派，本质上都是广义的现实主义的。就是它无论怎样脱离现实，魔幻也好，科幻也罢，还有什么什么奇谈怪论的主义也好，现代派啊，后现代啊，什么只写自身、写内心、写性灵，还有脱离时代啊，"回到文学本身"啊，等等；可是本质上、客观上，都是现实生活的本质的、正确的或者是歪曲的、变形的、侧面的、隐在的反映，都具有一个现实的基质。任何文学作者和作品的"孙悟空"，其人其文，都跳不出"社会现实"这个如来佛掌心。

还有一篇是短论《文学的三不朽精魂》，它们是使命感、人文关怀和良知激情。从发生学角度来认识和诠释文学，它的本质在原始人类的巫术活动中就决定了。这种活动，为了狩猎的成功、部落械斗的胜利、驱魔除病、保佑健康和多生子女等这种生命需求的使命，而请神、通神，顶礼膜拜，祈求神灵、鬼魅、先人，福荫保佑，降祥赐福，其内涵充满人文关怀；而为此，他们迷醉狂放，歌之咏之，手之舞之，足之蹈之。其情感之激越，达于疯癫迷狂，与神共舞，与鬼同唱，与鬼神同在。自从巫术将文学、诗歌、音乐、舞蹈、戏剧以及原始科学与宗教混合一体地创造出来之后，文学的这种基质，这样三个精魂，就一直存在并不断地发展、提高、升华、变形；但"精魂永在"，而葆其基质于体中，不变不易。若有变异、弃置，就失去文学的精灵，而沦为非文学、次文学，无魂无魄。

第三篇是《重提文学的人民性》。文学的人民性，是周扬称为"伟大的斯基"的别林斯基、车尔尼雪夫斯基和杜勃罗留波夫等的文艺理论批评的标的，他们以此批评、评价、提携了一批俄罗斯也是欧洲的不朽的作家与文学作品。马克思主义文艺理论大家、意大利的葛兰西的理论支柱和核心，就是他提出的"文学的人民—民族性"。我们在20世纪50年代"引进"了这一文学批评理念，也凭此肯定、提携和评论了一批"五四"以来的新文学作品。但是，后来发展出庸俗社会学批评以至极左批判，"人民性"异化为打人的棍子；因此，新时期以来，它被废弃不用了。但是，新时期文学的发展，却逆向地出现了文学背离着发生巨大变化的向前发展的中国社会，背离着人民的生活的负面效应。许多作家的作品，语不关社稷，情不系苍生，他们的作品和言行皆如此，甚至以此为上，以此为荣。文学离开了人民，失去了人民性，就失去了自己。因此，需要重提"文学的人民性"。

总之，文学的本质上的现实性和社会性，文学的三个不朽精魂，文学的人民性，三者贯通一气，是文学的生命线、存在价值、历史意义之所在，它的作者和作品是稍纵即逝还是永垂不朽，皆取决于此三者的有无、深浅与厚重、意境之高下。历数古今中外列名世界文学殿堂的作家及其作品，都是既具此三者且为杰出与伟大者。

论列至此，是拟借此品评王充闾的作家生涯与他的作品的意义和价值。总体地说，他的创作生涯和散文作品，具有人民性，反映了现时代，即中国急速实现现代化、中国文化从传统向现代转换的社会生活和时代精神。就"三个精魂"来说，使命感，在他的几乎每一篇散文中，都是具有的，命题立意，即已具备，而从论题到内容到议论，也都贯穿着一种使命感；这种使命感，以及它贯注于文章之中的内涵和意蕴，包括人生感悟和生命体验，包括从历史—古人，到现实—今人的借古喻今、以古思今，都蕴含着人文关怀。

他在《憧憬》的结尾自我总结，表露了其心声和创作的"核心理念"，已经把此处所论包含在内了，这是一段精彩的自述和表白：

好的散文应该是具备个人的眼光、心灵的自觉、精神的敏感，提高对客体对象的穿透能力、感悟能力、反诘能力，力求将深邃的思想和独特的智性，将自己的富于个性、富于新的发现和感知的因素，贯注到作品中去，努力写出个人精微独到的感觉、特殊的心灵感悟；要善于碰撞思想的火花，让知识变成生命的一部分，使理性的思考和感性的生命体验有机地结合起来；应该带着强烈的感情，心灵的颤响，呼应着一种苍凉旷远的旋律，从更广阔的背景打通抵达人性深处的路径，充满着对人的命运、人性弱点和人类处境的悲悯与关怀。

这里，文学的人民性、文学的三个不朽精魂，皆在其中了。

可议可探讨的只是"良知激情"一项。

"良知"毫无疑义地存在。那些品评历史与历史人物的历史文化篇章，都有着"良知"的意蕴，均以"良知"——人类的与中国的"良知"为底里、为内蕴、为根基。只是"激情"二字，尚可一议吧。"情"是有的，故事的述说，有情在，叙事状物，笔锋含情，寄情山水，情意在焉。那么，就在一个"激"字了。"激情"如何？——尚待增进。可不可以这么说？

深流潜在着急湍，浅水泛滥着泡沫。也许，那些历史文化散文，在历史与哲学的潜流里，隐藏着激情之流的"急湍"？我觉得，有这种存在，但不够多，不够经常。是否可以再增加，再丰富，再"激起"？可以考虑吧。但也不能太露，太"激起"，毕竟不是抒情散文，毕竟不是少年为文。老到、沉郁、深挚，可为"激情"的表现形式。——唉！这种"车轱辘话"，也不知是否把问题说清楚了。

只供参考吧。

4. 作家—学者的研究路径与成长道路

有论者指出，王国维的研究发展路径是哲学—文学—经史；王充闾则是文学—经史—哲学。这里反映的不仅是学者和作家—学者的不同，更主要的是起步的不同和心性的不同。君不见王充闾是"我见文学多妖媚"，他是从文学心性出发、垫底，发展中，向着经史"进军"，以文学的眼与心、见识与心得，以经史为材料、对象，发而为文，知人论世，既有历史感，又有现实感；而后，更进而向哲学提升，使作品的思想深度和意蕴均得以深化和升华。我曾论鲁迅与胡适的不同心性：一个是"艺术心性战士身"，一个是"逻辑心性学者心"。虽然鲁迅同时是学者，胡适同时是作家，但归根结底，他们的身份和贡献是在不同的领域的。

这里只是讨论人的心性对他的成长和奉献，具有决定性的作用，而绝不是拿王充闾来与鲁迅、胡适这样的大师类比。

5. 充闾的"文学城堡"

有人提出过加西亚·马尔克斯的"文学城堡"的概念，我借取这个命题，也来简单说说王充闾的"文学城堡"。

先要说一下，并不是每一个作家都可以说有自己的"文学城堡"的；作品内容的丰富程度、思想的应有高度、艺术性的成就，以及作家本身的思想修养、艺术素养、文学成就等等，都有一个数量指标和水平要求，不达标者，是不足称"文学城堡"的。

王充闾以他在上述几个方面的成就，可以说他是筑就了一个属于他自己的"文学城堡"的。那么，这个王氏"文学城堡"是什么样的？

首先是其性质吧，它的构成因素。王氏"文学城堡"，是"文学—学术"二重结构的；这是他属于"学者—作家型"作家所决定的。前面说过，他的发展系列是"文学—学术—'学术—文学结合'"体式。因此，优游这个"文学城堡"的路径是先接触文学，在文学中获得学术，但又在学术中感受文学。这里的审美活动和审美愉悦，是在文学的欣赏中，既有文学的感情感受，又有学术的智性收获。而且，由于其中蕴含着哲思和史识，并潜藏着或表现了人生感悟和生命体验，欣赏者需要一定的知识准备，学术训练，具有能够接受的接受美学所说的"接受屏幕"和"期待视野"。

其次是内涵吧。那是三结构：散文，诗，文学理论与批评。散文就无须赘述了；诗有专辑，散文中时有诗出现，且有师友的唱和；至于第三种，似乎不明显，但存在，有自评自述、讲演和序跋以及对他人作品的评论。只是前二者掩盖了后者。

行走在这个王氏"文学城堡"里，需要沉思和体悟，走马观花、匆匆而过，不行；只注重文学，所得受限。文学欣赏、思想体察与学术陶冶结合、浑融，才是"正道"。

现代派文学理论中的俄国形式主义理论家什克洛夫斯基提出过一个有趣的命题："城堡上的旗帜"。我借用这个有趣的说法，但意思不同，来说王充闾的"文学城堡"上，飘扬的是什么旗帜。可不可以这样说：那里飘扬着"文学—历史—学术"并列的"三色旗"。

王充闾每天就徜徉于这个他自己所创造的"文学城堡"里。

他读书，研究，思索，写作。他是孤独而不寂寞。而这种孤独，是他的心智所求，是超脱世俗、规避世情的，是有意的孤独、自我制造的孤独。这是哲学意义上的孤独。但他又并不孤立、孤寂，他通过现代科技，通过网络，与外界联系，与出版机构、新闻媒体的人们有着密切的联系、经常的交流；他们也会向他汇报、与他沟通；当然，还有书报杂志等等的信息流通。更重要的是，他与政界、文坛、学术界、高等学府的高层知识人士和精英，保持着思想与文化的经常的、深层次的交流。所有这些，使他保留着、进行着与世界、与社会、与人间的信息交流。但他在"文学城堡"里，既接触社会，"食人间烟火"，又超脱于生活，并超越生活，保持自己的独立和清醒，于是才能产生他的不断产生又不断提升的文学作品。

祝福他在自己营造的"文学城堡"里的物质与精神的生活幸福美满！

6. 结语

读罢这"一个人的文学自传"，感到这是一个比较典型的"个案"，一种作家成长的范型，一种文学成长的道路。记得我曾经在一次王充闾作品讨论会上，以"散文大家王充闾的诞生"为题，做简略发言，时间与资料的限制，只是要而言之罢了。现在，可以说是材料充分得多了，可以更有依据地申述一下了。请试言之。

前已述及，《从黎明到衰落》的作者雅克·巴尔赞认为，学者、作家的写作，与"出生地塑造"分不开，现在借用他的这个命题，来讨论王充闾的"出生地塑造"与他的成长和日后写作的关系。对于王充闾来说，所谓"出生地塑造"，就是"盘山县—狐狸岗子"对他的塑造。那么，这是怎样的一种塑造呢？用丹纳在《艺术哲学》中的论证来说，就是三个方面，即"种族，环境，时代"。以此"代入"王充闾生平，就是东北大地的南大荒，带着浓厚蛮荒气息和风土人情的、犹待开发的 20 世纪 40 年代末期的"盘山县—狐狸岗子"——环境；与满族有着血缘和文化因缘的家族世系，耕读人家的家庭和对他的早期教育及熏染的意义和作用——家族；还有就是人民解放战争末期即人民胜利前夕的时代气候与社会环境——环境与时代。当然，不能忽视倒是应该十分重视他的母教与父教（这里有两种不同性质的教育：母教是人生哲理、价值观念的潜移默化；父教则是目标明确的国学范畴的文化传授），还有由父亲、魔怔叔、刘老先生等构成的在蛮荒包围中的一个"文化岛"。少年王充闾就是成长于这个家族世系和具体家庭的，以及这座"文化岛"的养育之中。

以后，他进入新式学校，接受新式教育，接受新文学，打下了两种文化结合的知识基础，并初步形成了他的创作心理结构的雏形。

再以后，他自觉"补课"，在对西方文化、现代文化的习修方面大有进益，并且日渐提升，完善和提高了自己的创作心理的构成和质素。

尔后，参加工作，历经变异，他在社会生活的熏染、陶冶下，也是他自己在观察、体验、思索的过程中，在他的文化选择和人生选择中，彻底形成、加固、发展了他的创作心理，形成自己的文学精神与思想体系，并在此基础上，从事创作，写出一批批历史文化散文。

在他经历了政界的"浮沉"与"平稳着陆"、文坛的"拼搏"与成绩卓著之前、之时与之后，他一直面对着三种选择也是三种考验。

1."止步不前"还是"不断进步"？

2."守成拘囿"还是"开拓创新"？

3."从政升迁"还是"从文创获"？

他的选择和作为是：从未止步，而是不断进步。在作家群中，包括现今走在作家行列前排的作家在内，不少人是成名就止步了——主观的和客观的原因都有。有的成名作就是最高峰或"终止峰"，以后的作品，不断地重复自己；有的竟然倒退、下滑。而王充闾相反，是不断地进步，从未止步。只从他所说的"补课"时期开始说吧，他并没有补课之后就终止，而是不断地继续学习、进取，原有的国学基础不断在增长、加固，西方文化的曾经的缺失，补课了，也没有结束，却是不断学习进展。这些，从他的作品的不断深化、进步上表现出来了。至于著述和创作上，从"山水游记"，到"面对历史的苍茫"，到"龙墩上的悖论"，再到近年的《庄子传》，一步步，扎扎实实，一步一履痕，一步一提升，一步一深化，一步一升华。那种进步，从作品来看，鲜明、突出、深刻，从思想到艺术，从内容到文笔，都是如此。

在"守成拘囿"还是"开拓创新"方面，他的作品和著述，从来没有"守成"，在自己原有的"阶梯"上踏步，或在文学创作和思想境界上拘囿原有的格局，而是不断创新，革故鼎新，开辟新格局，打开新局面。上述的"游记"—"苍茫"—"悖论"—"图谱"—"庄子传"，就是一部一个格局，一部一个提升，一部一个境界。几乎可以说，没有跌宕起伏，没有时高时低，而是"部部升"。这对于一个作家来说，是相当难能可贵的。

至于"从政"还是"从文"，他的表现也是突出的，具有独立人格和个性选择的，说是"不同流俗，不慕荣华"，不为过吧。他在政界，已经进入高位，仕途看好，如果谋求升迁，不是没有奔头。但他在这方面，没有使劲，更未曾如一些人所为，蝇营狗苟，经营谋划。甚至在退居二线时，

"保守"为之，在"从政"上未求进取，而腾出时间、精力来"从文"。他的一些名篇佳作，皆出自此时期。说是"心事在'文'上"，可不可以？不谋政界升迁，只求文界创获，唯其如此，方克有成，心性所系，为文是宗。此之为王充闾也。

以上三项考验和选择，他都做出了自己不同一般、特立独行、不同凡响的抉择。这是一位作家的抉择，是人生紧要关节上的表现，只有这样的抉择，才有他尔后的文学成就。

就这样，王充闾"结庐在人境，而无车马喧"。他的"文学城堡"坐落在政治中枢的左旁，却又与繁华闹市紧邻，同时，还接邻幽静的公园。他行走在三者之间，或通信息，或行交流，或听市声，或察民情。出而接触、理解社会生活，感受现代世情的脉搏；入则读书思考，以现实的、世界的、历史的、文化的、哲学的视野和沉思，酝酿创作的甘泉。他"心远地自偏"，既接触社会现实，又能超出而不拘泥于局部和"细小"的事实，但关怀社稷、情系苍生，从现实与历史的比照和思索、考究和诘问中，寻觅真理的端倪，揭示运行的规律、人生的真谛与生命的意义。因此，在他的"文学城堡"的城头，还飘扬着另一面"三色旗"：超然、超脱、超越。

海德格尔曾经自愿拘守在山上林中小木屋里，一支笔、一张纸，围绕着"存在"这个哲学母题，抒写他旷世的静思与精思，奉献给世人。他这样深情地描写道：

南黑森林一个开阔山谷的陡峭的斜坡上，有一间滑雪小屋，海拔1150米。狭长的谷底和对面同样陡峭的山坡上，疏疏落落地点缀着农舍，再往上是草地和牧场，一直延伸到林子，那里古老的杉树茂密参天。这一切之上，是夏日明净的天空。两只苍鹰在这片灿烂的清空里盘旋，舒缓，自在。

这里描写的不仅是自然环境，而且是海德格尔的思想和心境，也是他的哲思的境界。你听，他说："这便是我'工作的世界'。"他"自身的存在整个儿融入其中"。他说："我倾听群山、森林和农田的无声的言说。"他下山到大学参加研讨和讲演，他和山民保持亲密的联系，因此他说，"这种哲学思索可不是隐士对尘世的逃遁"，而是"思想深深扎根于到场的生活，二者亲密无间"。

另一种情形是亦为德国哲学家的费尔巴哈。他晚年蛰居乡村。恩格斯说他由于居住在乡间，不能"与他才智相当或不相当的论敌论争"，并在论争中发展自己的思想，所以落伍了。

这是两种不同的情况。

我引用这些海德格尔的言说，引述海德格尔和费尔巴哈两位哲学大师的相同的生活境遇而有一进一退的不同思想状况，是想以此来启迪、分析王充闾在他的"文学城堡"里的思想与写作的生活。

他虽然没有隐居，也不是蛰居乡间，但是他确实已经离职退休，居住在僻静的住宅区里，"深居简出"。他本可以在政界走动，成为二线的活跃领导，邀约也不会少，敦请也是频频，但他除了必须参加的重要会议或偶尔参加的活动之外，一般都敬谢不敏，婉拒了；文界的活动、研讨，他作为领导和闻人，希望他莅临指导的邀请，自然是多多的；但他也是有选择地，或是严格筛选地偶一出席。许多娱乐休闲活动，他自然更是"出"者极少，"拒"者居多。但他不是"费尔巴哈式"，而是"海德格尔式"。因为，他保持了属于"社会交往""文化活动""学术研讨"以至"友谊聚会"的必要的参与，同时，他还保持着属于日常生活的，通过广泛深入的阅读，而谛听历史、哲学、文化的以及哲人大师们的"无声的言说"。所以，他的"思"与"文"，如海德格尔所说，"深深扎根于到场的生活"。

海德格尔引用他最赞赏的诗人荷尔德林的诗句：

> 人充满劳绩，但还诗意地安居在大地上。

然后提升为哲学的命题，"人诗意地安居"。

是的，王充闾充满劳绩和成绩、成功和胜利，但他诗意地栖居在他的"文学城堡"里。

他取得了人本主义心理学家马斯洛的人的层次性梯级的心理需要——最高层的需要的实现：自我实现的需要。他已实现，在实现，将实现！

向他致敬并祝福他！

本书题名《我见文学多妩媚》，很好的书名，优雅而切实。总体读罢，感喟何限，乃不顾谫陋，无视露怯，胡诌打油四句以咏充闾同志，并为本文煞尾，曰：

> 一见文学感妩媚，拼将此生紧相随，
> 为伊憔悴终无悔，经世抒怀识所归。

2015年6月初稿
2015年8月修订

附录2：

相关评论者简介
（以姓氏笔画为序）

丁宗皓：辽宁日报社社长，作家

卜丽爽：营口市作协副主席，作家

马平野：阜新高等专科学校教授，文学评论家

王　宁：作家，文学评论家

王　研：内蒙古民族大学教授、博士生导师，文学评论家

王　科：渤海大学教授，文学评论家

王向峰：著名美学家、学者、诗人，辽宁大学教授，北京师范大学博士生导师

王兆胜：文学博士，散文作家，文学评论家

王丽文：散文作家，诗人，党史研究学者

王志清：南通大学教授，作家，诗人

王秀杰：辽宁省文联、作协主席，作家

王明刚：辽宁大学教授，文学评论家

王香宁：辽宁大学教授，文学评论家

王春荣：辽宁大学教授，文学评论家

王恩来：国际儒学联合会理事，沈阳师范大学兼职教授、硕士生导师

王继鹏：王充闾文学研究中心研究员

尤屹峰：宁夏石嘴山市回民高级中学高级教师

仇　敏：文学评论家

甘以雯：《散文》（海外版）杂志执行主编，文学评论家

古　耜：著名文学评论家，文化学者，作家

石　杰：渤海大学教授，小说家，文学评论家

叶　易：复旦大学教授，文学评论家

叶立群：辽宁社科院研究员，文学评论家

白长青：辽宁社科院文学所所长，文学评论家

白长鸿：辽宁省文联副主席，作家

丛　琳：辽宁师范大学教授，文学评论家

包立民：北京作家，文化学者

冯　牧：著名文学评论家

邢　瑜：营口市作协副主席，作家

朱　彦：中华诗词学会会员，诗人

朱庆昌：辽宁省作协常务副主席、党组书记

朱铁志：杂文作家，曾任《求是》杂志副主编

任　民：营口日报原副总编辑，高级编辑，作家

刘　丽：王充闾文学研究中心研究员，作家

刘广远：渤海大学文学院教授、硕士生导师

刘文艳：辽宁省作家协会主席，散文作家，香港大公报记者

刘文景：高级编辑，作家，诗人

刘连茂：中华诗词学会会员，诗人

刘品毅：中华诗词学会会员，诗人

刘继才：东北大学特聘教授，著名学者

汤和伟：中华诗词学会会员，诗人

许　宁：辽宁社会科学院文学所所长，文学评论家

孙　郁：著名学者，文学评论家

孙国尊：中华诗词学会会员，诗人

孙临清：中华诗词学会会员，诗人

孙殿玲：沈阳师范大学教授，文学评论家

牟心海：辽宁省文联党组书记、主席，作家，诗人

苏叔阳：著名剧作家，学者，诗人

李　刚：中共辽宁省委宣传部副部长

李　阳：营口理工学院文学博士，副教授

李　辉：人民日报记者，著名作家，学者

李仲元：故宫博物院原院长，著名书法家，诗人

李秀文：中国作家协会会员，王充闾文学研究中心副理事长，作家，诗人

李咏吟：浙江大学中文系教授，著名文学评论家

李泽淳：沈阳师范大学教授，文学评论家

李春林：内蒙古社会科学院院长，教授

李炳银：中国作家协会创作研究部研究员，著名文学评论家

李洁非：知名评论家，学者，中国社会科学院研究员

李晓虹：当代散文评论家，文学博士，中国社科院历史所研究员

李景阳：辽宁省政协文史馆馆长，学者

杨光祖：西北师范大学传媒学院教授，硕士生导师

杨丽英：作家

肖　凤：中国传媒大学中文系教授，作家

吴　俊：南京大学教授、博士生导师

吴玉杰：辽宁大学教授，著名文学评论家

余心言：中共中央宣传部原常务副部长，著名作家，学者

沈昌文：三联书店原总经理兼《读书》杂志主编，著名出版家

初国卿：辽宁散文学会会长，著名作家

张　冰：中华诗词学会理事，王充闾文学研究中心理事长，作家，诗人

张　颖：著名作家

张　翠：渤海大学教授，文学评论家

张大威：散文作家，辽宁日报高级编辑

张金芝：王充闾文学研究中心研究员，作家

张恩华：原辽宁省广播电视厅厅长，文学评论家

张毓茂：中国民主同盟中央委员会副主席，辽宁省政协副主席，著名作家

陆玉才：辽宁大学教授，文学评论家

阿　红：辽宁省作家协会副主席，《当代诗歌》主编、编审

林　声：辽宁省原副省长，作家，诗人

林　非：中国散文学会会长，著名作家，学者

林　湄：著名作家

林建法：《当代作家评论》原主编，文学评论家

周景雷：文学博士，教授，辽东学院院长

郑恩信：营口市楹联学会会长，诗人

单　复：辽宁省散文学会名誉会长，著名散文作家

孟庆丽：辽宁大学教授，文学评论家

孟秀敏：中华诗词学会会员，诗人

孟繁华：沈阳师范大学中国文化与文学研究所所长，著名文学评论家

赵明晨：营口市诗歌学会副会长，作家

赵慧平：文学博士，教授，沈阳师范大学文学院原院长

胡河清：华东师范大学教授，著名文学家

俞晓群：辽宁出版集团副总经理，作家，出版家

祝　勇：著名散文家，学者

姚　莹：辽宁省诗词学会副会长，诗人

贺绍俊：沈阳师范大学中国文化与文学研究所副所长，著名文学评论家

原学玉：中华诗词学会会员，王充闾文学研究中心理事，学者，诗人

徐迎新：辽宁大学教授，文学评论家

高作智：营口市文联副主席，作家

高凯征：辽宁大学文学院院长

高海涛：辽宁文学院院长，文学评论家

郭　风：中国散文诗学会会长，首届鲁迅文学奖和第八届中国图书奖获得者

郭玉杰：王充闾文学研究中心研究员，作家，诗人

黄留珠：西北大学历史系教授、博士生导师，《庄子传》审读专家

梅敬忠：中央党校文史部教授，文学评论家

曹　辉：王充闾文学研究中心理事，作家，诗人

崔　博：王充闾文学研究中心研究员，作家

崔绍锋：沈阳师范大学教授，文学评论家

麻玉霞：燕山大学文法学院教授

康启昌：辽宁省散文学会会长，作家

阎　纲：著名作家，首届"冰心散文奖"获得者

阎丽杰：沈阳大学教授，文学评论家

隋林书：营口职业技术学院副教授

彭定安：著名文化学者，曾任东北大学文法学院院长

韩春燕：辽宁大学教授，文学博士

程绿竹：营口市文联副主席，词作家

傅德岷：西南大学教授，文学评论家

舒晋瑜：中华读书报资深编辑，文化学者

谢　冕：北京大学教授，中国当代文学研究会副会长，文艺评论家，诗人，作家

谢中山：辽宁大学博士生导师，著名文学评论家

蓝棣之：清华大学中文系教授，文学评论家

詹　丽：渤海大学教授，文学评论家

蔡恒忠：沈阳师范大学教授，文学评论家

臧永清：人民文学出版社社长

颜翔林：著名美学家，文学、哲学博士，湖南师范大学教授、博士生导师

潘虹玮：王充闾文学研究中心研究员，学者，教授

附录3：

王充闾文学作品集一览

◇《柳荫絮语》（散文集）春风文艺出版社 1986 年 9 月出版。单复作序。收文 70 篇。

◇《人才诗话》（随笔集）春风文艺出版社 1987 年 11 月出版。余心言作序。收文 70 篇。

◇《清风白水》（散文集）作家出版社 1991 年 12 月出版。郭风作序。收文 63 篇。

◇《当代散文大系·王充闾散文随笔选集》沈阳出版社 1993 年 5 月出版。汪曾祺作序。

◇《鸿爪春泥》（诗词集）辽宁大学出版社 1993 年 2 月出版。臧克家题书名，吴欢章作序。

◇《春宽梦窄》（散文集）春风文艺出版社 1995 年 1 月出版，1999 年 4 月再版。

◇《沧浪之水》（散文集，繁体字）三联书店香港有限公司 1996 年 1 月出版。

◇《面对历史的苍茫》（散文集）辽宁教育出版社 1998 年 2 月出版。

◇《三人行·名家散文精品系列·无梦时节》（散文集，王充闾、叶楠、李存葆合集）海天出版社 1998 年 6 月出版。《王充闾卷》收文 25 篇。

◇《中国当代散文精品文库·王充闾散文》（袖珍典藏本）华夏出版社 1999 年 1 月出版。

◇《诗性智慧》（古代哲理诗选释）辽宁人民出版社 1999 年 3 月出版。

收诗 300 首。

◇《沧桑无语》（散文集）东方出版中心 1999 年 7 月出版，多次再版。现已印行近 10 万册。

◇《沧桑无语》（繁体字、竖排本）台湾尔雅出版社 2000 年 10 月出版。

◇《何处是归程》（散文集）东方出版中心 2000 年 11 月出版。收文 68 篇。

◇《淡写流年》（散文集）作家出版社 2001 年 1 月出版。收文 59 篇。

◇《一生爱好是天然》（散文集）海天出版社 2001 年 12 月出版。

◇《碗花糕》（散文集）辽宁教育出版社 2002 年 1 月出版。

◇《过眼滔滔》（散文集）贵州教育出版社 2002 年 4 月出版。

◇《一夜芳邻》（鲁迅文学奖散文获奖者丛书）河南文艺出版社 2002 年 9 月出版。

◇《成功者的劫难》（散文集）春风文艺出版社 2003 年 1 月出版。

◇《诗有灵犀》（绘图本古代哲理诗注析）辽宁人民出版社 2003 年 1 月出版。

◇《回头几度风花》（鲁迅文学奖获奖作家新作精品）广州出版社 2004 年 1 月出版。

◇《一蓑烟雨任平生》（首届冰心散文奖获奖作家丛书）中国文联出版社 2004 年 5 月出版。

◇《大家文丛·王充闾》（散文集）古吴轩出版社 2004 年 8 月出版。

◇《王充闾作品系列》（七卷本）辽宁教育出版社 2004 年 12 月出版。《寂寞濠梁》收文 22 篇；《文明的征服》收文 23 篇；《西厢里的房客》收文 45 篇；《山城的静中消息》收文 53 篇；《一夜芳邻》收文 49 篇；《天凉好个秋》收文 75 篇；《我有诗魂招不得·执化斋吟稿》（诗词集）收诗 363 首。

◇《王充闾文化散文丛书》（三卷本）重庆出版社 2006 年 6 月出版。《生者对死者的叩问》收文 50 篇；《语已多，情未了》收文 69 篇；《诗话人生》收文 108 篇。

◇《千秋叩问》（散文集）京华出版社 2006 年 6 月出版。

◇《王充闾散文》（插图珍藏版）人民文学出版社 2007 年 3 月出版。

◇《北方乡梦（英文版）》（《乡梦——北方故土之忆》美国哈珀·柯林斯出版公司出版［市场版］，德国贝塔斯曼书友会［俱乐部版］）2007 年 12 月出版。

◇《龙墩上的悖论》（散文集）中信出版社 2007 年 9 月出版。

◇《历史上的血腥家族》台湾知本家文化有限公司 2008 年 6 月出版。

◇《北方乡梦》（阿拉伯文）阿拉伯科学出版社 2008 年出版。

◇《文在兹》（散文集）辽宁人民出版社 2009 年 1 月出版。

◇《历史上的三种人》（散文集）上海远东出版社 2009 年 2 月出版。

◇《蘧庐吟草》（中华诗词文库统一编辑、出版，诗词集）中国文联出版社 2009 年 7 月出版。收入作者 1948 年至 2008 年诗作 300 余首。此前，万卷出版公司于 2008 年 11 月，曾以竖排、繁体线装印行。

◇《长城外古道边》百花文艺出版社 2009 年 7 月出版。

◇《张学良：人格图谱》（散文集）东方出版中心 2009 年 7 月出版。

◇《皇帝论》（散文集）现代出版社 2010 年 1 月出版。

◇《秋灯史影》（散文集）山东文艺出版社 2010 年 4 月出版。

◇《沧桑无语（精读编注本）》东方出版中心 2010 年 11 月出版。于漪作序，张书婷编注。

◇《事是风云人是月·王充闾读史》辽宁人民出版社 2011 年 2 月出版。全书分上下卷，收文 100 篇。

◇《王充闾散文精选》中国书画出版社 2011 年 12 月出版。

◇《王充闾散文选集》百花文艺出版社 2012 年 1 月出版。

◇《王充闾散文精品集》（散文集，编年本）南海图书公司 2012 年 8 月出版。

◇《王充闾人物散文系列》（三卷本）中国青年出版社 2012 年 9 月出版。《说帝王》收文 19 篇；《读文人》收文 23 篇；《谈女性》收文 25 篇。

◇《中国人》（随笔集）北京大学出版社 2012 年 10 月出版。

◇《向古诗学哲理》（学术著作）中国青年出版社 2012 年 10 月出版。

◇《辽海春深》（散文集）辽宁人民出版社 2013 年 5 月出版。分上、下编，收文 62 篇。

◇《逍遥游：庄子传》作家出版社 2014 年 1 月出版。全书共 20 章，38 万字。

◇《童年的风景》（散文集）万卷出版公司 2014 年 3 月出版。

◇《白山黑水》（《大美中国》系列散文）云南民族出版社 2014 年 3 月出版。

◇《中国好文章》（古文选评本）现代出版社 2014 年 5 月出版。分上、下两卷，选评古文 181 篇。

◇《细雨梦回》（散文集）东方出版中心 2014 年 8 月出版。

◇《域外集》（散文集）海豚出版社 2014 年 11 月出版。收入作者 27 年间出访 34 个国家的 48 篇游记。

◇《成功的失败者——张学良传》（文学传记）青岛出版社 2015 年 1 月出版。全书 20 章。

◇《乘物以游心》（散文集）辽宁人民出版社 2015 年 10 月出版。

◇《王充闾散文精选》（自选本）上海人民出版社 2015 年 11 月出版。收入具有代表性作品 65 篇。

◇《原来帝王是苦工》（散文集）东方出版中心 2016 年 5 月出版。

◇《成功的失败者——张学良传》，台湾思行文化传播有限公司 2016 年出版。

◇《青灯有味忆儿时》（散文集）现代出版社 2016 年出版，收文 38 篇。

◇《文学书简》（书信集）现代出版社 2016 年出版，收作者 1987 至 2016 年 200 余封书信。

◇《用破一生心》（散文集）万卷出版公司 2016 年出版。

◇《春宽梦窄》（新编散文集）江苏凤凰文艺出版社 2016 年出版。

◇《充闾文集》万卷出版公司 2016 年出版。全书 20 卷（21 册），600 余万字。

◇《只缘胸次有江湖——王充闾谈散文》广东人民出版社 2017 年 6 月出版。收文 25 篇。

◇《新寄小读者》辽宁少年儿童出版社 2017 年 5 月出版。

◇《三味书屋》分趣味、韵味、意味三辑，辽宁少年儿童出版社 2017 年 7 月出版。

◇《国粹：人文传承书》北京大学出版社 2017 年 7 月出版。收文 35 篇，36 万字。现已印行 20 万册。

◇《白云一片动乡心》大象出版社 2017 年 9 月出版。

◇《过来人的解悟》中国商务出版社 2017 年 11 月出版。分体验、阅世、识人、认知四辑。

◇《少年游》现代出版社 2018 年 2 月出版。

◇《两个李白》长江文艺出版社 2018 年 4 月出版。

◇《春宽梦窄》(名家散文中学生读本系列)东方出版中心 2018 年出版。收文 21 篇。

◇《纳兰心事几曾知》山西人民出版社 2018 年 4 月出版。

◇《诗外文章——文学、历史、哲学的对话》人民文学出版社 2018 年 10 月出版。三卷本，近 500 篇随笔，共 77 万字。

◇《国粹札记》香港中华书局 2019 年 4 月出版。

◇《逍遥游：庄子全传》北京大学出版社 2019 年 10 月出版。

◇《让生命还乡》陕西师范大学出版总社 2019 年 10 月出版。

◇《沧桑无语·增订本》（名家散文中学生读本系列）东方出版中心 2019 年 11 月出版。

◇《文脉：我们的心灵史》北京大学出版社 2020 年 1 月出版。

◇《回头几度风花》（文学影志·《充闾文集第 21 卷》）万卷出版公司 2020 年 2 月出版。

◇《王充闾语文课》人民文学出版社 2020 年 4 月出版。

◇《千古诗心一趣通》人民文学出版社 2020 年 12 月出版。

◇《国粹：人文传承书》泰文版 2020 年出版。

◇《国粹：人文传承书》罗马尼亚文版 2021 年出版。

◇《永不消失的身影》人民文学出版社 2021 年 5 月出版。

◇《中国人的活法》天津人民出版社 2022 年 3 月出版。

◇《成功的失败者 ——张学良传》（增订本）中华书局 2022 年 5 月出版。

◇《中国现当代名家散文典藏·王充闾散文》人民文学出版社 2022 年 5 月出版。

◇《王充闾文学作品与研究》（六卷）春风文艺出版社 2022 年 8 月出版。